Todestag

Tobias O. Meißner

Todestag

Verhör-Roman

Eichborn.Berlin

dem Leben verbunden
und dem Mädchen
in der anderen Stadt:
K. Sabine S.

Die Deutsche Bibliothek - CIP-Einheitsaufnahme
Meißner, Tobias O.:
Todestag : Roman / Tobias Oliver Meißner. - Frankfurt am Main :
Eichborn, 2000
ISBN 3-8218-0689-3

© Eichborn AG, Frankfurt am Main, September 2000
Lektorat: Wolfgang Hörner
Umschlaggestaltung: Christina Hucke
Foto: Hartmuth Schröder
Layout: Cosima Schneider
Druck und Bindung: Clausen & Bosse, Leck
ISBN 3-8218-0689-3

Verlagsverzeichnis schickt gern:
Eichborn Verlag, Kaiserstraße 66, D-60329 Frankfurt am Main
www.eichborn.de

Inhalt

Das Verhör

Aus den Akten:

»Ich schwöre,
daß ich meine Kraft dem Wohle
des deutschen Volkes widmen,
seinen Nutzen mehren,
Schaden von ihm wenden,
das Grundgesetz und die Gesetze
des Bundes wahren und verteidigen, meine Pflichten gewissen-
haft erfüllen und Gerechtigkeit
gegen jedermann üben werde.
So wahr mir Gott helfe.«

(Amtseid des Bundeskanzlers)

»Wir dürfen uns also glücklich schätzen, daß dank unseren modernen Methoden ein paar wenige die nun mal leider nötige Arbeit des Schädeleinschlagens für die ganze zivilisierte Welt besorgen können.«

(Upton Sinclair: Der Dschungel)

Das Verhör

Helligkeit entfaltet sich wie ein weißer Schmetterling, flattert
zweimal, kommt zur Ruhe.
Die Leuchtstoffröhren stabilisieren sich. Der Raum sieht aus
wie ein gewöhnliches, unpersönliches Konferenzzimmer. Ein aus
mehreren Segmenten zusammengestellter Kunststofftisch,
darum mehrere Kunststoffstühle ohne Ecken und Kanten. Es gibt
keine Fenster, das Licht ist künstlich, die Luft klimatisiert, kühl
und geruchlos.
Der Raum hat nur eine Tür, und die öffnet sich jetzt.
Zwei uniformierte Strafvollzugsbeamte führen Kain Zwaifel herein. Zwaifel, noch keine dreißig Jahre alt, trägt Handschellen
und Fußketten, noch ist der Grad seiner Gewaltbereitschaft nicht
wissenschaftlich erfaßt. Die Beamten führen ihn zu dem einzigen
Stuhl im Raum, der fest am Boden verschraubt ist, und er setzt
sich darauf. Seine Fußketten werden gelöst, aber nur, damit
seine Knöchel an die Stuhlbeine geschlossen werden können.
Zwaifels Hände bleiben schellengebunden auf der Tischplatte liegen. Die beiden Beamten nehmen links und rechts von ihm Auf-
stellung und warten.
Gar nichts passiert.
Dann öffnet sich die Tür wieder, und zwei weitere Männer kommen herein. Der Leitende Ermittler ist beinahe doppelt so alt wie
der ihm folgende Polizeipsychologe und steht nur noch wenige
Monate vor der Pensionierung. Er trägt einen dunklen Anzug, der
Psychologe lediglich Jeans und ein kariertes Baumwollhemd mit
hochgekrempelten Ärmeln. Beide haben sie Ordner voller Unter-
lagen und einen dampfenden Plastikbecher voller Kaffee dabei
und drapieren alles umständlich auf der Tischplatte, als sie sich,
einander gegenüber, an den Flanken von Zwaifels Stirnseite hin-
setzen. Der Psychologe beginnt sofort damit, sich Notizen zu
machen, noch bevor das erste Wort gesprochen wird.

Ermittler:
Vielen Dank, meine Herren. Sie können uns jetzt mit ihm allein-
lassen.

Die beiden Beamten nicken steif und verlassen den Raum.
Zwaifel betrachtet den Ermittler und den Psychologen aufmerk-
sam. Der Ermittler nippt an seinem Kaffee. Der Psychologe
kritzelt.

Ermittler:
Bevor wir dieses Gespräch beginnen, müssen wir uns noch
kurz über Ihre Personalien unterhalten. Ihr bürgerlicher Name
ist uns bekannt. Wollen Sie mit Ihrem bürgerlichen Namen
angesprochen und protokolliert werden, oder bestehen Sie darauf, daß wir uns auf dieses Pseudonym einlassen?

Zwaifel:
Kain Zwaifel ist mein Kriegername.

Ermittler:
Und was soll mir das sagen?

Zwaifel:
Ich benutze den Namen Kain Zwaifel, wenn ich die relativ sichere
Position eines gut funktionierenden Getrieberädchens aufgebe
und mich durch Aktionen oder Schriften öffentlich zu Wort
melde. Was hiermit geschehen ist. Ich habe jetzt keinen bürgerlichen Namen mehr, denn meine bürgerliche Existenz ist beendet. Ich bin jetzt voll und ganz Kain Zwaifel.

Ermittler:

Also mir persönlich ist völlig gleichgültig, wie Sie sich nennen.
Von mir aus »Herr Zwaifel«.

Psychologe:

Eine Frage aus persönlichem Interesse: Die Initialen »KZ« sind
Absicht?

Zwaifel:

Eigentlich eher Zufall.

Psychologe:

Ihr Flugblatt zum 1. Mai haben Sie aber wohl nicht ganz zufällig
mit »K. Z.« unterschrieben?

Zwaifel:

Der volle Name war damals in gewissen Literaturkreisen bereits
bekannt. Mir war mulmig bei dem Gedanken, mit »Kain Zwaifel«
zu unterschreiben. »K. Z.« war ein Kompromiß.

Ermittler:

Wie beruhigend zu hören, daß Ihnen damals noch mulmig sein
konnte beim Gedanken an bestimmte Dinge. Also, Herr Zwaifel,
ich will Sie nicht im Unklaren darüber lassen, was jetzt hier
abläuft. Dies ist ein offizielles Verhör, das durch mehrere Mikro-
fone in den Wänden dieses Raumes aufgezeichnet wird. Ich
selbst bin der leitende Ermittler der gesamten Untersuchung,
dies hier ist der mir für dieses Verhör zugeteilte Kriminal-
psychologe. Habe ich das richtig verstanden, daß Sie ausdrück-
lich auf jeglichen Rechtsbeistand verzichten?

Zwaifel:
Das haben Sie richtig verstanden.

Ermittler:
Ich bin verpflichtet, Sie darauf hinzuweisen, daß das sehr ungewöhnlich ist. Bei der Schwere Ihres Verbrechens müssen Sie mit der Höchststrafe rechnen. Ihnen steht dennoch das Recht auf einen Anwalt zu.

Zwaifel:
Ich möchte nicht, daß irgendein bezahlter Rechtsverdreher die Dinge anders darstellt, als sie sich tatsächlich zugetragen haben. Ich habe kein Interesse daran, mich im strafrechtlichen Sinne zu verteidigen. Ich habe ein eindeutiges Verbrechen begangen, um meinen Standpunkt unmißverständlich darzulegen. Falls Sie aber darüber hinaus noch Fragen an mich haben, bin ich gerne bereit, diese zu beantworten.

Psychologe:
Könnten Sie für das Protokoll dann bitte bestätigen, daß dieses Verhör ohne Ausübung von Zwang oder Gewalt und ohne die vorherige Verabreichung von Drogen stattfindet ?

Zwaifel:
So weit ich weiß, sind mir keine Drogen verabreicht worden. Ich fühle mich zumindest nicht anders als sonst und kann auch klar denken. Davon abgesehen hoffe ich, daß dieses Verhör ohne Ausübung von Zwang oder Gewalt durchgeführt wird. Bislang jedenfalls ist das so.

Ermittler:
Schön, daß Sie so kooperativ sind. Das erleichtert uns die Sache
ungemein. Also gut, jetzt zum Tathergang. Ich verstehe das richtig, daß Sie die Tat an sich überhaupt nicht bestreiten?

Zwaifel:
Wie könnte ich sie denn bestreiten? Es gibt Tausende von
Zeugen, und ich habe mich widerstandslos mit der Tatwaffe in
der Hand festnehmen lassen. Ich hatte nie die Absicht, irgend
etwas zu verschleiern, sondern ich hatte im Gegenteil die
Absicht, auf etwas hinzuweisen.

Ermittler:
Dazu kommen wir noch. Sie haben am 25. Oktober dieses Jahres
den Bundeskanzler der Bundesrepublik Deutschland erschossen, indem sie aus der Menge heraus während einer politischen
Wahlkampfveranstaltung auf dem Berliner Gendarmenmarkt vier
Schüsse aus einer halbautomatischen Pistole abgegeben haben,
von denen zwei den Kanzler tödlich verwundeten. Können wir
davon ausgehen, daß Sie mit unbedingter Tötungsabsicht gehandelt haben?

Zwaifel:
Nein. Das ist nicht ganz so einfach. Wichtig war mir zuerst lediglich, auf den Kanzler zu schießen. Die Wand aus Arroganz und
Macht und Immunität, die einen solchen Mann umgibt, niederzu-
reißen, und ihn in die Lage zu versetzen, unmittelbaren und auf-
richtigen Schmerz zu empfinden. Die Gefahr, ihn dabei zu töten,
mußte ich in Kauf nehmen.

Ermittler:
Sie haben vier Schüsse abgegeben. Nach dem zweiten ist der Kanzler bereits zu Boden gegangen. Wenn keine unbedingte Tötungsabsicht bestand, weshalb haben Sie dann noch weiter geschossen, nachdem der Kanzler bereits am Boden lag?

Zwaifel:
Ich war überrascht, daß ich überhaupt noch freie Schußbahn hatte. Außerdem stimmt es nicht, daß er nach dem zweiten Schuß schon am Boden lag. Er begann zu fallen, also schoß ich weiter. Nach dem vierten Schuß wurde mein Schußfeld von Sicherheitsbeamten, die den Körper des Kanzlers abschirmten, verdeckt. Ich wollte keinen von denen verletzen, also hörte ich auf zu schießen, hob beide Hände, die Pistole nur noch am Lauf haltend, und wartete darauf, von Beamten zu Boden gerissen zu werden. Was übrigens erstaunlich lange dauerte. Hätte ich es darauf abgesehen gehabt, hätte ich noch ein paar Politpromi-nente mehr töten können. Aber darum ging es nicht. Es ging nur um den Kanzler.

Ermittler:
Sie haben meine Frage immer noch nicht beantwortet. Wenn sie den Kanzler nicht unbedingt töten wollten, warum haben Sie dann nach dem zweiten Schuß noch weitergeschossen? Nur, weil es möglich war? Das ist doch kein Argument.

Zwaifel:
Nein, natürlich nicht. Da war noch etwas anderes. Ein Gedanke, vor dem ich mich von Anfang an gefürchtet hatte. Früher habe ich mal darüber nachgedacht, Autobahnbrücken in die Luft zu sprengen, um auf die politische Misere hinzuweisen. Aber wen hätte das getroffen? Es hätte nur wieder den ganz normalen Bürger geschädigt, der die Autobahnen nicht mehr benutzen

kann, während die Politikerelite in dubios finanzierten Flugzeugen ungebremst von Empfang zu Empfang jettet. Außerdem ist das Sprengen von irgendwas schon wieder zu nahe am herkömmlichen Terrorismus dran, also an einem Schrecken, der auch das Volk ergreift. Ich aber wollte ja nur den Mächtigen Furcht einjagen, nicht denjenigen, die ohnehin dauernd in Furcht vor den Mächtigen leben.

Später dann dachte ich über ein symbolisches Attentat nach. Ich wollte ein Rieselfeldflugzeug »ausleihen« und damit tausend Liter Gülle über der Reichstagskuppel abwerfen, damit das Gebäude von außen endlich ebenso stinkt wie die hohlen Reden, von denen sein Inneres andauernd widerhallt. Aber das wäre nur eine Eulenspiegelei gewesen, ein harmloser Studentenulk, der zwar die Volksseele zum Schäumen gebracht hätte, am Ende aber nichts weiter einbringen würde als einen lukrativen Vertrag für eine mit dem Senat mauschelnde Gebäudereinigungsfirma. Schließlich wurde mir klar, daß ich auf den Kanzler schießen muß. Daß ich nicht nur einen Farbbeutel oder ein Ei auf ihn werfen, oder ihm ein kleines Messer in den Hals stechen muß, sondern daß ich ihn und die Nation richtig schocken und durchrütteln muß, mit Lärm und Rauch und echter Gewalt. Als ich dann am Schießen war, und ich ihn stürzen sah, sein Gesicht plötzlich ganz alt und grau wurde und bar jeder Fassung, da wurde mir klar, daß es nichts bringen würde, wenn er das überlebt. Das Ergebnis wäre dann gewesen:»Gottseidank ist nichts Schlimmes passiert. Gottseidank ist der Täter hinter Schloß und Riegel. Gottseidank ist jetzt alles wieder in Ordnung, und Gottseidank können wir morgen alle so weitermachen wie gestern.« Aber so ist das ja nicht. Nichts ist in Ordnung. Nichts ist im Lot. Nichts wird besser von ganz allein. Und mein Schußfeld war frei, und ich schoß weiter, bis es nicht mehr frei war, und hoffte, er möge tot sein, und das Schreckliche zumindest vollständig formuliert. Die Tatsache, daß nichts in Ordnung ist, endlich für jedermann deutlich erkennbar.

Psychologe:
Sie sprechen andauernd davon, daß nichts in Ordnung ist. Was genau meinen Sie damit?

Ermittler:
Moment mal bitte, ich möchte gerne noch beim Tathergang bleiben. Wir arbeiten uns dann von dort aus zu den Motiven durch, okay?

Psychologe:
Entschuldigung, ich wollte nicht vorgreifen.

Ermittler:
Also was die Tötungsabsicht angeht, behaupten Sie, nicht mit unbedingter Tötungsabsicht zum Gendarmenmarkt gegangen zu sein, sich dann aber während der Tat dazu entschlossen zu haben, den Kanzler nicht nur zu verwunden, sondern ihn vollständig zu töten. Habe ich das so richtig verstanden?

Zwaifel:
Ja.

Ermittler:
Also haben wir es mit einem eingestandenen, absichtlichen Mord ohne verminderte Schuldfähigkeit zu tun.

Zwaifel:
Ja.

Ermittler:
Na schön. Die Waffe. Wo kam die her?

Zwaifel:
Aus meiner Jackentasche. Bei öffentlichen Kundgebungen wird
nicht jeder durchsucht oder durchleuchtet.

Ermittler:
Schlimm genug. Wo Sie die Waffe herhatten, will ich wissen. Wie
Sie ursprünglich an eine Halbautomatik gekommen sind.

Zwaifel:
Das war nicht weiter schwer. Berlin ist eine Stadt unter Waffen.
Kennt man Leute, kommt man auch an Waffen ran. Gehen Sie an
drei Abenden hintereinander in einen kleinen, billigen Puff, in
dem polnische Mädchen gefangengehalten werden. Gehen Sie an
keinem dieser drei Abende mit einem der Mädchen aufs Zimmer.
Spätestens am dritten Abend wird ein Mann oder eine Frau auf
Sie zukommen und fragen:»Wenn du keine Gesellschaft suchst,
was suchst du dann?« Antworten Sie in gelassenem Tonfall mit:
»Ich bin auf der Suche nach einer Pistole.« Sie werden dadurch
eine ungeheuer empörte Reaktion hervorrufen, und entweder
einen Redeschwall in einer fremden Sprache, oder Sätze wie:
»So etwas haben wir hier nicht, wir sind ein ordentliches Haus,
verlassen Sie bitte sofort dieses Etablissement.«
Bleiben Sie ganz ruhig, holen Sie einen Hundertmarkschein heraus, entfalten Sie ihn, legen Sie ihn Ihrem Gegenüber hin, sagen
Sie:»Trotzdem vielen Dank«, und gehen Sie dann. Vom Moment
Ihres Gehens an wird das Wort, daß Sie eine Pistole suchen, auf
die Straße fließen. Kehren Sie drei Tage später wieder in den
Puff zurück. Entweder wird man die Waffe dort schon für Sie
bereithalten, oder man wird Ihnen bedeuten, nächste Woche
wiederzukommen. Haben Sie Geduld, denn Ihr Ziel bewegt sich

bereits auf Sie zu. Schließlich wird man Ihnen in einem privaten Hinterzimmer die Pistole aushändigen, und so viele Munitionsstreifen, wie Sie zum Üben in einem menschenverlassenen Umlandwald und zum Durchführen der eigentlichen Tat benötigen. Bezahlen Sie dann, ohne zu Feilschen, denn niemand wird ein Interesse daran haben, einen Kunden, den man finanziell leicht übers Ohr hauen kann, zu verpfeifen und somit zu verlieren. Sie sehen also, das mit der Waffe ist wirklich kein Problem. Ich hätte übrigens auch über meine Arbeitskollegen in der Fabrik ganz mühelos an eine Pistole kommen können, aber da kennt man sich halt, und irgend jemand redet immer zuviel. Da ich die Waffe ja für eine wirklich aufsehenerregende Sache brauchte, wollte ich niemanden, den ich kenne, in Schwierigkeiten bringen. Die ganze Aktion war von Anfang bis Ende nur mein eigenes Ding, und niemand anderer als der Kanzler und ich sollten dafür ihre Köpfe hinhalten müssen.

Ermittler:
Sie haben das Attentat alleine geplant und alleine durchgeführt?

Zwaifel:
Ja. Da stand kein Fluchtwagen bereit.

Ermittler:
Hatten Sie von Anfang an vor, sich nach den Schüssen festnehmen zu lassen?

Zwaifel:
Natürlich. Erstens glaube ich kaum, daß es möglich ist, nach einer solchen Tat unerkannt zu entkommen, und zweitens war die Festnahme ja Teil des Planes.

Ermittler:
Wieso das?

Zwaifel:
Damit ich erklären kann, warum ich es getan habe. Damit ich nicht nur verrückt wirke wie damals die Frau in dem weißen Kleid, die auf den saarländischen Ministerpräsidenten eingestochen hat, oder damit man mich nicht nur für einen vorgeschobenen Sündenbock hält, der eine Verschwörung maskieren soll, so, wie das in Amerika gängige Praxis ist. Oder damit das Motiv nicht im privaten Umfeld des Kanzlers gesucht wird, sondern damit das Motiv als ein ganz und gar politisches begriffen wird. Ich will, daß der 25. Oktober als Todestag der deutschen Pseudodemokratie in die Geschichtsbücher eingeht. Nichts weniger ist das Ziel.

Ermittler:
Sind Sie Mitglied irgendeiner Partei oder Vereinigung?

Zwaifel:
Keine Partei, kein Kegelclub, kein Männergesangsverein.

Ermittler:
Sie sind nicht der gesellige Typ. Gibt es wenigstens eine Frau in Ihrem Leben oder einen Mann?

Zwaifel:
Nichts Festes.

Ermittler:

Nichts Festes. Nur keine Verantwortung übernehmen. Alles im vagen Bereich halten, jederzeit kündbar. Also gibt es niemanden in Ihrem Leben, mit dem Sie solche Pläne besprechen würden, wie zum Beispiel den Bundeskanzler umzubringen und dafür den Rest des Lebens hinter Gitter zu wandern?

Zwaifel:

Das habe ich mit niemandem besprochen. Das war einzig und allein meine Sache.

Ermittler:

Wir haben Briefe in Ihrer Wohnung gefunden. Zärtliche Briefe von einer Frau.

Zwaifel:

Ja, na und? Haben Sie sie gelesen? Stand da irgendwas Politisches drin?

Ermittler:

Nein. In den Briefen dieser Frau stand nichts Politisches drin. Aber Sie haben mir gerade erzählt, Sie hätten keine feste Beziehung. Ich mag es nicht, belogen zu werden.

Zwaifel:

Es ist keine feste Beziehung im eigentlichen Sinne. Wenn Sie die Briefe gelesen haben, müßte das ja deutlich sein. Dieses Mädchen lebt in einer anderen Stadt als ich, das geht aus den Poststempeln deutlich hervor, und wir unterhalten so etwas wie eine romantische Beziehung mit Briefen und Telefongesprächen.

Aber damit hat es nichts Konspiratives auf sich, dieses Mädchen wußte von nichts und es hat auch überhaupt keinen Sinn, sie in diese Sache mit reinzuziehen. Sie hat nichts damit zu tun.

Ermittler:
Aber wie ist das möglich? Können Sie das mir und dem Psychologen vielleicht erklären? Wie kann man eine intime Beziehung zu jemandem haben, sich extrem persönliche Briefe schreiben, und der andere erfährt dennoch nichts von derart gravierenden Plänen? Oder auch nur von Ihren politischen Ansichten? Das kann ich nicht glauben! Worüber unterhalten Sie sich denn am Telefon die ganze Zeit, wenn nicht über das, was in Ihnen vorgeht?

Zwaifel:
Jedenfalls reden wir nicht über Politik. Lesen Sie die Briefe doch, verdammt nochmal. Ich habe überhaupt nichts zu verbergen. Und dieses Mädchen auch nicht. In einem meiner Briefe an sie habe ich einmal geschrieben, daß ich fürchte, unsere Beziehung wird nicht von Dauer sein. Das war, weil ich bereits wußte, daß ich entweder ins Gefängnis gehen werde für meine Überzeugungen, oder sogar von übereifrigen Personenschützern erschossen werde. Diese Gründe für meinen Fatalismus habe ich ihr aber nie mitgeteilt. Sie hat verletzt reagiert, und ich habe wiederum mit Ausflüchten geantwortet. Die Beziehung zu ihr war keine gute Idee für jemanden wie mich, aber man kann sich seine Gefühle nicht aussuchen. Ich wäre auch gerne ohne Unrechtsbewußtsein auf die Welt gekommen, dann müßte ich jetzt nicht hier sitzen, sondern hätte mich genauso behaglich in der Welt einrichten können wie all die anderen Musterbürger ringsum.

Psychologe:
Sie sprechen von Unrechtsbewußtsein und haben einen Mord
begangen?

Zwaifel:
Nicht einfach irgendeinen Mord. Sie lassen es klingen wie ein
gewöhnliches Verbrechen. Was ich aber getan habe, war ein Akt
des politischen Widerstandes. Die Männer, die versucht haben,
Adolf Hitler umzubringen, werden heute als Helden gewürdigt.

Psychologe:
Sie vergleichen den Bundeskanzler mit Hitler?

Zwaifel:
Nur indirekt. Nur, weil es sich bei beiden um Staatsoberhäupter
handelte, die einem Staat vorstanden, der sich auf einen Krieg
zubewegt. Natürlich war der Kanzler kein Hitler. Ich habe den
Kanzler ja auch nicht erschossen, weil er persönlich für etwas
ganz besonders Schreckliches verantwortlich war, sondern weil
er eben der Kanzler war, und wer, wenn nicht der Kanzler, soll
denn die Zeche zahlen für all das, was schiefläuft? Ich finde, das
ist sein Job. Dafür verdient er ja auch eine halbe Million im Jahr.

Psychologe:
Verraten Sie uns, was Ihrer Meinung nach alles schiefläuft?

Zwaifel:
Lesen Sie mein Flugblatt. Es ist zwar ziemlich marktschreierisch
geschrieben, aber da steht alles Wichtige drin.

Ermittler:

Ich möchte lieber nochmal auf den Tathergang zurückkommen.
Sie behaupten also, Sie haben sich mit niemandem besprochen,
die Tat ganz alleine geplant und ganz alleine durchgeführt?

Zwaifel:

Wie ich schon sagte, ja.

Ermittler:

Und was ist dann das hier?

Der Ermittler zieht ein Bündel auseinandergefalteter, handge-
schriebener Briefe aus einem seiner Aktenordner. Zwaifel
erkennt seine eigene Handschrift.

Zwaifel:

Wo haben Sie die her?

Ermittler:

Aus der Wohnung Ihrer Freundin natürlich.

Zwaifel:

Sie hätten sie da nicht mit reinzuziehen brauchen.

Ermittler:

Sie haben den Bundeskanzler erschossen, also sind wir in Ihre
Wohnung eingedrungen. In der Wohnung fanden wir die Briefe
dieser Frau und auf einigen dieser Briefe stand auch ihre
Adresse. Wenn Sie nicht wollten, daß wir die Wohnung dieser

Frau ebenfalls auf den Kopf stellen, dann hätten Sie entweder den Kanzler am Leben lassen müssen, oder vorher die Briefe vernichten.

Zwaifel:
Das hätte ich niemals fertiggebracht. Keins von beidem hätte ich fertiggebracht.

Ermittler:
Dann sind Sie es, der Ihre Freundin da mit reingezogen hat, nicht wir. Aber machen Sie sich keine Sorgen. Solange nicht bewiesen wird, daß sie in der Sache mit drinsteckt, werden wir sie mit Samthandschuhen anfassen.

Zwaifel:
Sie sollen sie überhaupt nicht anfassen! Was soll denn der Scheiß? Hier bin ich, ich bin es gewesen, ich habe es getan, ich habe mich festnehmen lassen, ich habe ein Geständnis abgelegt, und ich bin bereit, meine Motive offenzulegen! Was wollen Sie denn noch, verdammt nochmal!

Der Ermittler legt einen der Briefbögen nach oben und streicht ihn beinahe zärtlich glatt.

Ermittler:
»Wenn die Realität sich uns in den Weg stellen will, müssen wir wohl die Realität abschaffen.« Dieser Satz kommt Ihnen sicherlich vertraut vor.

Zwaifel:

Ja. Das habe ich geschrieben. Das ist aus einem meiner Briefe.

Aber das hat doch überhaupt nichts …

Ermittler:

»Laß uns unsere verletzlichen Bauchseiten aneinanderlegen und
der Welt nur zwei Schildkrötenpanzer bieten.« Oder hier: »Jeden
Monat vergießt du Blut, und ich vergieße nichts als Tränen.«

Zwaifel:

Jedes Mädchen vergießt jeden Monat Blut, und zwar ihr eigenes.
Nichts anderes hat das zu bedeuten. Das sind intime Briefe. Die
handeln von Liebe, falls Ihnen das was sagt.

Ermittler:

Wir haben dutzende von solchen Verslein gefunden. Oft nur ein
einziger Satz. Das meiste handelt nicht von Liebe, sondern von
Schmerz oder Tränen oder irgendwelchen Bedrohlichkeiten. Wer
sagt uns, daß das nicht ein Code ist? Daß diese kryptischen Texte
nicht etwas ganz anderes zu bedeuten haben?

Zwaifel:

Was denn zum Beispiel?

Ermittler:

Etwas Politisches. Etwas Terroristisches. Planungsabsprachen.

Zwaifel:

Das ist doch vollkommen abwegig. Warum sollte ich politische
Absprachen überhaupt codieren? Unsere Post wurde doch nicht

überwacht, ich hätte schreiben können, was ich wollte, und anschließend hätten wir unsere Korrespondenz halt wirklich verbrennen müssen. Aber das haben wir nicht getan. Und warum nicht? Weil die Briefe tatsächlich nichts anderes bedeuten als das, was in ihnen drinsteht. Die manchmal lächerliche Lyrik eines Verliebten, und die zweifelnden Entgegnungen einer Frau, die so erhaben ist, daß sie sich Zwaifel erlauben kann. Wir haben niemals über Politik diskutiert. Im Gegenteil: Wenn ich mit ihr zusammen war ... das waren die einzigen Momente, in denen ich endlich aufhören konnte, über das Wirken und Werden von Regierungen nachzugrübeln. Dieses Mädchen hat mich aufgewertet. In ihren Augen war ich wichtig genug, auch einmal an mich selbst denken zu dürfen. Aber wenn sie dann wieder weg war, in ihrer anderen Stadt, übermannten mich wieder die Sorgen. Sie hätte den Kanzler retten können, wenn sie sich nur voll und ganz für mich entschieden hätte. Aber andererseits – was wäre damit gewonnen gewesen? Ein weiteres debil lächelndes Getrieberädchen, und weitere Legislaturperioden voller Blindheit und Ungerechtigkeit. Haben Sie sie festgenommen?

Ermittler:
Wir halten sie vorübergehend in Sicherheitsgewahrsam, ja.

Zwaifel:
Lassen Sie sie gehen. Ich schwöre Ihnen, daß sie von nichts weiß.

Ermittler:
Wenn nicht sie, dann wer sonst?

Zwaifel:
Niemand. Das ist die volle Wahrheit. Ich bin ein Einzeltäter.

Ermittler:

Es gibt da keinerlei Überbau? Keinen Zusammenschluß von
Unzufriedenen? Keine Gruppierung »Nieder mit der Republik«?

Zwaifel:

Nein. Schauen Sie doch auf mein Flugblatt. Da steht auch nichts
drauf von einer Partei oder einer oppositionellen Gruppe. Da
steht nur »K-Punkt-Zett-Punkt« drunter, genau wie beim
Gendarmenmarkt.

Ermittler:

»K-Punkt-Zett-Punkt« kann für »Kain Zwaifel« stehen. Das kann
aber auch für »Kommunistisches Zentrum« oder »Kämpferische
Zelle« stehen.

Zwaifel:

Na sicher. Das kann auch für ... »Kaisers Zeiten« stehen oder für
»Kräftige Zwiebelsuppe«. Zermartern Sie sich doch nicht Ihr
Hirn. Es steht für »Kain Zwaifel«. Oder haben Sie schon einmal
davon gehört, daß ein Mitglied einer Widerstandsorganisation
nicht stolz und wiederholt verkündet, Mitglied dieser Widerstandsorganisation zu sein? Im Allgemeinen bekennen sich
diese Gruppierungen zu solchen Anschlägen, und brüsten sich
damit und sind stolz darauf, anstatt ihre Herkunft zu verleugnen.

Ermittler:

Wir haben Bekennerschreiben erhalten von drei verschiedenen,
bislang unbekannten Terrorgruppen.

Zwaifel:

Ach daher weht der Wind. Na, da können Sie mal sehen, wie

recht ich habe mit meiner These, daß ein Bürgerkrieg bevor-
steht. Die Opposition wird wieder außerparlamentarisch und
rüstet sich langsam. Aber sie schmückt sich leider auch mit
fremden Federn. Es können ja wohl schlecht alle drei sich
bekennenden Gruppen für das Attentat verantwortlich zeichnen.
In Wirklichkeit war's keiner von denen. Ich war's ganz alleine.

Ermittler:
Vielleicht haben Sie ja nur nicht mitgekriegt, daß Sie die ganze
Zeit über dirigiert wurden. Vielleicht hat jemand Sie zu bestimmten Ideen gedrängt, ganz subtil, ganz freundschaftlich und Schritt
für Schritt, und Sie damit in denjenigen verwandelt, der den
anderen die schmutzige Arbeit abnimmt.

Zwaifel:
Ein netter Gedanke. Verschwörungspoesie eines hochrangigen
Polizeibeamten, das ist äußerst ergreifend. Aber um mich »diri-
gierbar« zu machen, hätte ich ja jemanden über meine Absichten
und Überzeugungen ins Vertrauen ziehen müssen, und das habe
ich nie getan.

Ermittler:
Und das Flugblatt? Sind dadurch keine Kontakte entstanden,
Leute mit ähnlichen Ansichten an Sie herangetreten?

Zwaifel:
Wie denn? Da steht keine Adresse drauf und auch keine Telefon-
nummer. Das ist ein ganz anonymer Text, den ich ganz anonym
an den einschlägigen Orten in Berlin ausgelegt und verbreitet
habe.

Ermittler:
Aber die Initialen »K.Z.« sind ziemlich prägnant, und Sie haben
schon zugegeben, daß der Name »Kain Zwaifel« in gewissen
Künstlerkreisen bereits bekannt war.

I 29 I

Zwaifel:
Na gut, aber es ist doch sinnlos, darüber zu diskutieren. Wenn
Sie irgendwo die Buchstaben ... was weiß ich ...»IM« lesen,
kommen Sie doch auch nicht automatisch darauf, daß Inge
Meysel dahintersteckt. Tatsache jedenfalls ist, daß niemand aufgrund des Flugblattes mit mir in Kontakt getreten ist. Wäre dies
der Fall gewesen, hätte ich mich vielleicht mit diesen Leuten
auseinandergesetzt, mich mitgeteilt, und wäre vielleicht von
meinem Plan noch abzubringen gewesen. Aber es hat eben
überhaupt keine Reaktion gegeben. Mein Eindruck war der von
überwältigender, allgegenwärtiger Apathie. Und da für diese
Flugblatt-Aktion schon fast alle meine Ersparnisse draufgegan-
gen waren, blieb mir jetzt eigentlich nur noch der allerletzte
Schritt, die letzte Konsequenz. Das gewaltsame Niederreißen der
Selbstherrlichkeit.

Psychologe:
Und das Mädchen? Wußte sie von dem Flugblatt?

Zwaifel:
Oh nein, auch davon wußte sie nichts. Ich habe sie aus meinem
politischen Wüten immer herausgehalten.

Psychologe:
Sie haben also sozusagen ein Doppelleben geführt. Hat das die
Beziehung nicht belastet? War das nicht ein wenig wie Untreue?

Zwaifel:
Ich denke, daß unsere Beziehung an der Politik zugrunde gegangen wäre. Ich war egoistisch genug, dieses kleine bißchen Liebe in meinem Leben einfach nur ... bewahren zu wollen. Ich wollte dieses Mädchen beschützen, nicht sie in diesen Strudel mit hineinziehen. Das habe ich wohl gründlich vermasselt, und das tut mir sehr leid.

Psychologe:
Das hätte Ihnen vorher klar sein müssen.

Zwaifel:
Ja. Hinterher hat man immer die Distanz. Aber vorher ... vorher war es, als seien das Mädchen und die Wirklichkeit zwei verschiedene Welten gewesen. Können Sie das nicht verstehen? Wo immer das Mädchen war, war Traum. Wo immer sie nicht war, waren Fäulnis und Scherben. Nein, das können Sie wahrscheinlich nicht verstehen.

Ermittler:
Vielleicht irren Sie sich. Vielleicht ist das ja das Einzige an Ihnen, das wir verstehen können. Ihre Tat ist es, die uns schleierhaft ist. Wie kommt es eigentlich, daß Sie so gut schießen können? Aus fünfunddreißig Metern Entfernung haben Sie bei vier abgegebenen Schüssen dreimal getroffen. Das ist nicht gerade selbstverständlich.

Zwaifel:
Das habe ich beim Bund gelernt. Zu irgendetwas muß der Wehrdienst doch nütze sein.

Ermittler:

Wieso waren Sie denn eigentlich beim Bund? Sie waren doch
West-Berliner.

Zwaifel:

Schon. Aber ein paar Jahre nach der Wiedervereinigung wurden
ja auch alle Wessis, die nach einem bestimmten Datum geboren
waren, rückwirkend erfaßt und eingezogen. Spielte keine Rolle,
daß ich gerade mitten in meinem Studium steckte. Das hat niemanden interessiert. Ich war diensttauglich, also mußte ich an
die Heimatfront.

Ermittler:

Sie hätten doch verweigern können und Zivildienst schieben.

Zwaifel:

Dafür bin ich nicht abgebrüht genug. Alten und kranken
Menschen, die von der Gesellschaft abgeschoben wurden, beim
Sterben zuzusehen – das hätte ich nicht durchgehalten. Das
hätte mich fertig gemacht. Da robbe ich schon lieber selber
durch den Schlamm.

Ermittler:

Sie haben es doch fertig gebracht, einen unbewaffneten und völlig unvorbereiteten Menschen niederzuknallen wie einen Hund.
Ich habe nicht den Eindruck, daß Sie besonders zart besaitet
sind.

Zwaifel:

Es ist ein enormer Unterschied, ob man einen Privilegierten fallen sieht, der mehr oder weniger an dem goldenen Löffel

erstickt, den er im Mund stecken hat, oder ob man denen, die keine Fürsprecher mehr haben, beim quälenden Verdämmern zusehen muß. Das Attentat ist ein Akt, eine Handlung, die ich selbst begehe. Aber bei den Müden und Verbrauchten ist alles Handeln sinnlos, da bleibt nur das Gefühl von Lähmung und Ohnmacht. Also habe ich entschieden, mich lieber von einem sadistischen Feldwebel herumscheuchen und drangsalieren zu lassen, weil ich es dann selber bin, der dort leidet, und weil mir das eher die Möglichkeit gibt, Wut aufzubauen und selbst zu handeln, um dort herauszukommen.

Psychologe:
War das für Sie eine furchtbare und demütigende Zeit, der Wehrdienst?

Zwaifel:
Nein. Eigentlich gar nicht. Ich war selbst überrascht. Der Umgangston dort ist gar nicht so übel, wie man sich das vorher vorstellt, schließlich war nirgendwo ein Krieg in Aussicht, und da ist die Atmosphäre relativ entspannt. Außerdem war ich ja auch einer der Ältesten unter den Wehrpflichtigen und wurde schon allein deshalb nicht dauernd herumgeschubst. Und es gibt immer ein paar Komplettversager in einem Jahrgang, die allen Ärger wie Magneten auf sich ziehen und den anderen dadurch so manchen Anschiß ersparen. Das ganze Regel- und Wertesystem dort ist so leicht zu durchschauen, daß man schon ab der zweiten Woche eigentlich andauernd Witze erfindet. Manchmal erinnerte mich das Ganze an ein Zeltlager für große Jungs, samt Abenteuerspielplatz, Schnitzeljagden und Wanderprogramm. Naja, und Schießen konnte man lernen. Gewehr und Pistole, da war ich nicht schlecht. Die sagten mir, ich hätte ein gutes Auge.

Ermittler:
Und danach? Weiterstudiert?

Zwaifel:
Weiterstudiert und abgeschlossen.

Ermittler:
Was denn eigentlich?

Zwaifel:
Magister.

Ermittler:
Was denn studiert, meine ich.

Zwaifel:
Publizistik und Theaterwissenschaft, mit Schwerpunkt Film.

Ermittler:
Aha. Welche Berufsaussichten hat man da, außer arbeitslos zu werden?

Zwaifel:
Ich wollte Schriftsteller werden. Bin ich ja dann auch geworden.

Ermittler:
Aber richtig leben konnten Sie davon nie.

Zwaifel:
Nein. Aber das kann man in den Anfangsjahren wohl auch nicht erwarten. Ich habe mich mit Fabrik- und Bürojobs über Wasser gehalten. Ich war niemals arbeitslos oder Sozialhilfeempfänger. Ihre Steuergelder sind niemals an mich gegangen, Herr Oberinspektor.

Ermittler:
Ich bin kein Oberinspektor. Und als Student haben Sie bestimmt BaföG erhalten, also sind meine Steuergelder doch an den zukünftigen Kanzlermörder geflossen.

Zwaifel:
Da kann ich Sie beruhigen. Mein Vater hat mich während meines Studiums finanziell unterstützt, bevor er dann schließlich aufgrund meiner politischen Ansichten und anderer Meinungsverschiedenheiten die Schnauze voll hatte von mir. Was ich zusätzlich gebraucht habe, habe ich mir in den Semesterferien als Nachtwächter dazuverdient. Ich habe niemals BaföG beantragt.

Ermittler:
Sie haben als Objektschützer gearbeitet?

Zwaifel:
Na klar. Das ist ein guter Job für Studenten. Man hat sehr viel Zeit zum Lesen, Lernen und Nachdenken. Ich habe sehr viel gelernt bei diesem Job. Zwei Monate lang war ich Wachmann in einem Asylantenheim. Da lernt man alles über die haarsträubenden Umstände, unter denen arme Menschen dort zusammengepfercht werden, und wie sie es schaffen, sich trotzdem so etwas wie Lebensfreude und Hoffnung zusammenzuklauben. Vor allem

die vielen Kinder. Ich habe damals meine elektronische Schreib-
maschine mit in den Dienst gebracht und den Müttern ihre
Anträge auf Kinderschuhe und Winterkleidung getippt. Das war
eine gute Zeit für mich, denn die Menschen dort waren noch
echte Menschen und glücklicherweise ist zumindest in Berlin
noch niemand auf die Idee gekommen, ein Asylantenheim anzu-
zünden.

Ermittler:
Um an einen solchen Job zu kommen, müssen Sie ein polizeili-
ches Führungszeugnis ohne Eintragungen vorlegen.

Zwaifel:
Stimmt. Ich bin nicht vorbestraft. Darüber haben Sie sich doch
sicherlich schon längst informiert.

Ermittler:
Sie haben immer das Leben, die Gesundheit, das Eigentum und
die Rechte anderer respektiert, bis Ihnen eines Tages ganz von
alleine einfiel, den Bundeskanzler zu ermorden. Das können Sie
doch nicht mal meiner Großmutter erzählen!

Zwaifel:
Was wollen Sie denn hören? Daß ich vergewaltigt, brandge-
schatzt und marodiert habe, mein Leben lang? Das stimmt nun
mal einfach nicht. Tut mir sehr leid, daß ich nicht in das Täterprofil passe, das Ihnen am liebsten wäre.

Ermittler:
Ein Täterprofil ist mir doch vollkommen egal! Ein Täterprofil
braucht man, um jemanden zu schnappen, ich habe Sie aber

schon geschnappt. Sie sitzen bereits mitten drin in der Tinte,
Zwaifel. Und ich glaube Ihnen kein Wort, daß man so mir nichts,
dir nichts von einem Tag auf den anderen zum Kanzlermörder

wird, ohne daß einen jemand beeinflußt hat, ohne daß man
durch jemanden, und sei es durch ein Buch, das man gelesen
hat, auf solche Ideen kommt. Den Bundeskanzler zu erschießen
– das ist doch nun nicht gerade naheliegend. Das drängt sich
einem doch nicht einfach so auf. Das ist der völlige Irrsinn! Sein
Leben wegzuschmeißen, und das eines anderen noch dazu – das
paßt nicht zu dem guten Jungen, der armen ausländischen
Muttis aus Mitleid ihre Behördenbriefe schreibt. Das paßt einfach
nicht zu-sammen.

Zwaifel:
Vielleicht sollten Sie mal Ihren Kollegen, den Herrn Psychologen
hier, zu Wort kommen lassen, und mich endlich einmal über
meine Motive ausführlich befragen. Sie haben ja völlig recht, daß
niemand auf solche Gedanken kommt, ohne von jemandem oder
etwas beeinflußt zu werden. Aber es ist eben nicht so, wie Sie
die ganze Zeit denken, daß ich von irgendwelchen Revoluzzern
indoktriniert worden wäre oder sowas. Nein. Ich bin beeinflußt
worden vom Lauf der Geschichte, von den Männern, die dafür die
Verantwortung tragen, und vom Bundeskanzler selbst.

Ermittler:
Hat der Kanzler darum gebeten, von Ihnen erschossen zu werden ?

Zwaifel:
Quatsch. Eben nicht. Er hat nichts gemerkt, nichts mitgekriegt.
Er war ja so vollauf damit beschäftigt, seinen Lebensstandard
abzufeiern, daß ihm alles andere egal war.
Psychologe:

Sie empfanden einen tiefgründigen, persönlichen Haß auf jemanden, der im Mittelpunkt steht, Erfolg hat, Privilegien und Macht.

Zwaifel:

Ich kann gar keinen persönlichen Haß auf den Kanzler entwickelt haben, da ich ihn persönlich ja überhaupt nicht kannte. Ich glaube zwar, den Charakter von jemandem, der über Leichen geht, um weiterhin einen lukrativen Beruf ausüben zu können, durchaus einschätzen zu können. Aber das ist ja dann auch schon wieder ein politischer Haß, kein persönlicher.

Ermittler:

Was meinen Sie mit: »der über Leichen geht«?

Zwaifel:

Sagen Sie bloß, Sie haben davon nichts mitbekommen. Das ist doch nicht möglich.

Psychologe:

Erläutern Sie uns bitte, wovon Sie sprechen.

Zwaifel:

Der Kosovo-Einsatz. Bombardierung der serbischen Zivilbevölkerung durch NATO-Truppenverbände unter eifrigster, persönlich betroffenster und nationalstolzer Mitwirkung deutscher Soldaten. Schon mal davon gehört? Schon man das unglaubliche Wort »Kollateralschaden« wie einen Querschläger im Hirn umhersausen gehabt? Ist doch noch gar nicht lange her. Ist aber verdammt schnell aus dem Kollektivbewußtsein gelöscht worden. Wir waren doch alle heilfroh, daß der unappetitliche Konflikt endlich vorüber war, und die Spielfilme nach acht endlich nicht mehr mit viertelstündiger Verspätung beginnen mußten.

Ermittler:
Sie haben den Bundeskanzler ermordet, weil es Ihnen mißfallen hat, daß unter seiner Verantwortung ein scheußlicher Genozid auf dem Balkan unterbunden wurde? Das kann doch wohl nicht Ihr Ernst sein!

Zwaifel:
Die Verantwortlichen für diesen Genozid wurden doch niemals zur Verantwortung gezogen. Stattdessen wurden Frauen und Kinder und ganze Flüchtlingskonvois in Fetzen gebombt. Hinterher wurde dann alles fein säuberlich unter den Teppich gekehrt. Daß man im Namen des Völkerrechts und der Menschlichkeit im Grunde genommen dieselben Verbrechen begehen kann, die Deutschland schon vor sechzig Jahren im Namen des Größen- und Rassenwahns begangen hat, ist eine unglaubliche Perversion. Jeder, der Bomben für ein Mittel der Konfliktlösung hält, sollte sofort und ohne Recht auf juristischen Beistand aus seinen sämtlichen politischen Verantwortungs-bereichen entlassen werden.
Doch worum ging es in Wirklichkeit? Warum schreien alle mächtigen europäischen Staaten plötzlich »Hurra!«, wenn es darum geht, einen Hinterwäldlerkonflikt zu beenden, der schon seit Jahren schwelte und keine Sau interessiert hat? Weil Amerika plötzlich ein Interesse daran hatte, in Europa Brandherde zu entfachen, um die neue Euro-Währung zu destabilisieren – was ja, nebenbei bemerkt, auch vorzüglich geklappt hat – und alle europäischen Staaten sofort Männchen machen und darum wetteifern, wer denn nun der beliebteste Schoßhund Uncle Sams werden darf. Und ganz nebenbei läßt sich erstens durch einen kontrollierbaren Krieg außerhalb der eigenen Landesgrenzen – früher, als die Genfer Konvention noch etwas bedeutete, nannte

man so etwas einen »Angriffskrieg« – ganz wunderbar von innenpolitischen Problemen ablenken – oder im Falle des US-Präsidenten sogar von handfesten Skandalen – und zweitens kann man durch die Produktion von Bomben, Waffen, Panzern und Kampfflugzeugen die eigene Wirtschaft ankurbeln. Krieg hat sich schon immer rentiert für die großen Konzerne, und das staatliche Militärbudget hat auch endlich wieder Berechtigung gefunden. Das ist alles so durchschaubar. Das zeigt genauso sehr wie die jeweiligen Wahlkampfkampagnen, daß die da oben uns alle nur für Stimmvieh halten, dem man jeden Scheiß verkaufen kann. Als ob die Menschenrechte bei all dem eine Rolle gespielt hätten! Die spielen doch immer nur eine Rolle, wenn man mit ihnen Profit machen kann. Und all diese wunderbaren Propagandafilmchen und Fotos von weinenden Kindern. Wie alte Wochenschauen sah das manchmal aus. In der »Tagesschau« habe ich während des Kosovo-Krieges Bilder gesehen von brennenden Häusern und Fabriken, und die Stimme eines Korrespondenten sagte dazu: »Balsam für die Seelen der Vertriebenen – endlich werden die Aggressoren mit ihren eigenen Mitteln zurückgeschlagen.« Darauf wäre Goebbels bestimmt stolz gewesen.

Psychologe:
Als Endergebnis wurde das Gebiet jedoch einigermaßen befriedet und diplomatischer, neutraler Kontrolle unterstellt, und die Lebensumstände der Flüchtlinge wurden definitiv verbessert. Was gibt es denn daran auszusetzen?

Zwaifel:
Erinnern Sie sich noch daran, wie der Verteidigungsminister sich öffentlich darüber empörte, daß die Flüchtlinge in ihren provisorischen Camps Gras fressen müssen, während die Bundeswehr aber bereits zackige und kostenintensive Bomberflüge unternahm? Warum hat man die Flugzeuge statt mit Bomben nicht

einfach mit Care-Paketen beladen und sie ihre Last dort abwerfen lassen, wo es einen humanitären Sinn ergeben hätte? Das habe ich an dem Ganzen auszusetzen. Es war eine militaristische und politisch zweckorientierte Operation, die als Güte und Nächstenliebe getarnt war. Mir fällt kaum etwas Widerlicheres ein als sowas.

Ermittler:
Warum haben Sie dann nicht den Verteidigungsminister erschossen, dessen Verantwortung für diesen Einsatz doch viel unmittelbarer war als die des Kanzlers?

Zwaifel:
Das ist endlich einmal eine gute Frage. Es gibt darauf zwei unterschiedliche Antworten. Die erste Antwort ist, daß der Verteidigungsminister in meinen Augen nur ein armer Wurm ist, für den im parlamentarischen Ämterkarussell eben nichts Besseres abfiel als der Posten als Verteidigungsminister. Um so einen Posten reißt man sich nicht, den wünscht man sich auch nicht, sondern auf den wird man hinweggelobt. Was hat der Verteidigungsminister schon zu tun, außer auf öden Bundeswehrveranstaltungen möglichst wichtigtuerische Reden zu schwingen, während im Hintergrund eine Militärkapelle grauenhafte Marschmusik zum Besten gibt. Im Regelfall gibt es ohnehin keinen Krieg, und dieser Posten ist ein verlorener. Diesmal war das halt anders. Aus politischer Zweckdienlichkeit wurde dieses Land in einen Eroberungsfeldzug hineingesogen, und in seiner völligen Hilflosigkeit suchte der Verteidigungsminister eben sein Heil im Pathos. Der arme Teufel konnte einem geradezu leid tun. Der Bundeskanzler dagegen verdient kein Mitleid. Davon, Bundeskanzler zu werden, träumt so einer sein ganzes Leben lang, und er kickt und strampelt und lügt und verbiegt und küßt Babies und heuert und feuert und hält Reden und ficht Kämpfe aus und zieht Leute auf seine Seite und opfert Privatleben und

Menschlichkeit, bis aus ihm endlich das geworden ist, was er vor dem Schlafzimmerspiegel schon seit Jahren eingeübt hat: der Kanzler. So jemandem kann man nicht zugutehalten, daß er sich um diesen Posten eigentlich gar nicht gerissen hat. Kanzler zu werden ist genau das, was er sich verdient hat. Und da er die Macht eines Kanzlers hat, das Salär eines Kanzlers, den Ruhm und den Respekt und das Ansehen eines Kanzlers, verdient er auch die Verantwortung eines Kanzlers. Wer, wenn nicht der Kanzler, soll die Verantwortung übernehmen für das, was in diesem Land schiefläuft?

Psychologe:
Das klingt mir immer nach Symbolismus. So, als wäre nicht der Kanzler als Person gemeint gewesen, sondern das Amt, der Rang.

Zwaifel:
Genau so ist es. Es war mir ziemlich egal, wer im Moment dieses Amt bekleidet. Ich hatte politische Motive, keine persönlichen.

Ermittler:
Die Tat jedoch war etwas sehr Persönliches. Sie haben einen Menschen getötet, persönlicher kann man ja wohl kaum werden. Wäre es Ihnen nur um den Titel »Kanzler« gegangen, hätten Sie ja auch das Kanzleramt-Gebäude angreifen können.

Zwaifel:
Wir drehen uns im Kreis. Ich habe das bereits erklärt. Ich habe das Leben eines Menschen genommen, der ein Ehemann, Vater und Sohn war. Das ist allein schon den Hinterbliebenen gegenüber unentschuldbar, denen im übrigen mein ganzes Mitgefühl

gilt. Aber es war nötig, das Ende der Harmlosigkeit zu proklamieren. Um Verantwortung zu übernehmen. Um Zeugnis darüber abzulegen, daß eine Wahlstimme absolut nichts bedeutet und die

einzige basisdemokratische Vorgehensweise in unserer entmenschlichten politischen Landschaft ein furchtbares Attentat ist. Meine Tat ist die Bankrotterklärung eines Systems.

Diejenigen, die sich höhnisch vor Lachen auf die Schenkel geklopft haben, als der real existierende Sozialismus zusammenbrach, werden sich noch furchtbar erschrecken, wenn ihnen der galoppierende Turbo-Kapitalismus in wenigen Jahren um die Ohren fliegt.

Ermittler:

Na, jetzt wird's ja immer doller! Jetzt wird schon das ganze System enden! Wenn wir noch eine halbe Stunde weiterreden, haben wir's dann bestimmt bis zur Apokalypse gebracht.

Zwaifel:

Sie haben mich vorhin unterbrochen, als ich Ihnen sagte, es gäbe zwei Antworten auf die Frage, warum ich nicht den Verteidigungsminister erschossen habe. Die zweite Antwort lautet: Weil die Operation Kosovo bei weitem nicht das Einzige war und ist, was in diesem Land zum Himmel stinkt, und weil nur der Kanzler – den Regeln des Symbolismus folgend – für alles die Verantwortung übernehmen kann.

Psychologe:

Ist das vielleicht nicht nur symbolistisch, sondern auch direkt okkultistisch zu interpretieren? Der Kanzler als Blutopfer? Das Blut des Lammes, das vergossen werden muß, um wen oder was auch immer zu reinigen?

Zwaifel:

Das Blut des Lammes – Sie sind ja ein ganz Niedlicher. Das Blut des Wolfes wäre wohl angemessener. Aber nein, ich bin kein Okkultist. Ich scheiße auf diesen ganzen Runen- und Götterdämmerungsquatsch der Neofaschos. Ich spreche nicht vom Armageddon. Ich spreche von dem ganz realen alltäglichen Irrweg, den die freie Marktwirtschaft darstellt.

Ermittler:

Soviel ich weiß, leben wir in einer sozialen Marktwirtschaft.

Zwaifel:

Schön wär's. Von sowas wäre ich auch begeistert. Aber fragen Sie doch mal die vielen Arbeits- und Obdachlosen, wie hoch der Anteil des Sozialen in dieser Marktwirtschaft noch ist. Genau wie der real existierende Sozialismus das Gegenteil von Sozialismus war, ist die real existierende Sozialdemokratie das Gegenteil von sozial und demokratisch.

Ermittler:

Von den Arbeits- und Obdachlosen muß wenigstens keiner verhungern, wie es in den Ländern der Dritten Welt an der Tagesordnung ist. Das ist doch sehr sozial, finden Sie nicht?

Zwaifel:

Das ist doch nichts weiter als eine almosenorientierte Ruhigstellungstaktik. Um den Bürgerkrieg hinauszuzögern, der losbrechen wird, wenn die vielen Verarmten sich endlich organisieren und sich von den wenigen Reichen einfach nehmen werden, was ihnen zusteht.

Ermittler:
Ach ja richtig, der Bürgerkrieg. Um den es in Ihrem Flugblatt so anschaulich geht. Sie sind doch Schriftsteller, oder nicht? Da gehört eine blühende Phantasie sicherlich zum Handwerk.

Zwaifel:
Sehr geehrter Herr Oberinspektor: Ich habe meine Tat allein begangen, allein, ohne organisatorischen Überbau, aus freiem Willen und im Vollbesitz meiner geistigen Kräfte. Aber ich werde nicht der einzige bleiben, der handelt. Dieses Attentat wird Kreise ziehen. Und selbst wenn es dieses Attentat nicht gegeben hätte, dann wäre es vielleicht nächstes Jahr passiert, oder im Jahr darauf. Letzten Endes sind wir achtzig Millionen da draußen. Glauben Sie wirklich, daß man achtzig Millionen auf Dauer bescheißen, für dumm verkaufen und dann noch bändigen kann?

Ermittler:
Also sind Sie Anarchist.

Zwaifel:
Nein, ich bin Demokrat. Ich habe das Attentat bereits als basisdemokratisch bezeichnet. Ich glaube an die Herrschaft des Volkes, die res publica, die Republik im eigentlichen Wortsinne. Ich glaube nicht an die Oligarchie, die wir zur Zeit hier haben, und die mich eher an den Hof des Sonnenkönigs von Versailles kurz vor dem Ausbruch der Französischen Revolution erinnert, als an eine wirkliche Volksvertretung. Ich bin der Meinung, daß das Parteiensystem in diesem Land vollständig gescheitert ist. Darf ich Ihnen dies anhand eines kleinen Beispieles erörtern?

Ermittler:
Jetzt kommt die Spendenaffäre der CDU, das ist wenig originell.

Zwaifel:
Nein, ich hatte ein anderes Beispiel im Sinn. Ich kann dieses
Beispiel fast in Form eines Märchens erzählen, aber im Gegensatz zu einem Märchen ist alles wahr und hat sich genau so
zugetragen.

Anfang der Neunziger Jahre fand sich der politisch mitdenkende
Bürger in einer grotesken, geradezu kafkaesken Situation. Wenn
man den Drachen, der unter seinem massigen Schatten das
Land zu geistiger und kultureller Stagnation verdammte, endlich
abwählen wollte, mußte man sich für den direkten Gegenkandidaten der SPD entscheiden, und der war leider ein völlig ge-
sichtsloser Niemand. Dieser Niemand war nun plötzlich die einzige Chance, das Land von dem Drachen zu erlösen. Aber wie
mir ging es vielen anderen auch in der Wahlkabine: Wir konnten
es einfach nicht mit unserem politischen Gewissen vereinbaren,
für eine Null zu votieren, auch wenn diese Null das deutlich klei-
nere Übel war. Wir alle kennen das Ergebnis dieser Wahl. Bürger
wie ich wichen auf alternative Drittparteien aus, verschenkten
dadurch sozusagen unsere Stimmen, und das grauenhafte Endergebnis war: vier weitere Jahre im Schatten des Drachen. An
diesem Tag in der Wahlkabine fiel mir zum ersten Mal mit
schlagartiger Deutlichkeit auf, daß unser politisches System
nicht funktioniert. Ich frage Sie: Wie viele Drachen-Gegner im
Volk wären, wenn man sie gefragt hätte, auf die Idee gekommen,
ausgerechnet den bleichen Niemand als Gegenkandidaten aufzu-
stellen? Ich kann Ihnen die Antwort geben: nicht ein einziger. Die
Kandidatur des Niemands war das Resultat einer Pöstchen-
schieberei, die nichts, aber auch überhaupt nichts mehr mit dem
Willen des Volkes zu tun hatte, sondern die hinter sorgsam ver-
schlossenen Türen von ein paar sich gegenseitig schmierenden
Bonzen arrangiert worden ist.
Vier trostlose Jahre später bekamen die Wähler dann die allerletzte Chance, den Drachen zu kippen. Es gab einen neuen
Gegenkandidaten der SPD, und diesmal wählte ich diesen
Gegenkandidaten, obwohl ich ihn für die perfekte Inkarnation
eines eitlen, eingebildeten Fatzkes hielt. Aber ich wollte meine

Stimme – das letzte Krümelchen Illusion von Mitbestimmung,
das man uns noch gelassen hat – nicht wieder an Alternativen
vergeuden, die wahrscheinlich mangels infantilem Populismus

schon an der raffiniert eingefädelten Fünf-Prozent-Hürde hän-
genbleiben würden. Diesmal gewann ich. Der Drache schleppte
sich schnaufend vom Acker, ein anderer unangenehmer Mensch
setzte sich auf den Thron, und kaum hundert Tage später ging
von deutschem Grund und Boden wieder ein Krieg aus.
Ich beneide jeden, der, dies alles durchdenkend, seine geistige
Fassung bewahren kann und nicht zum Attentäter wird.

Ermittler:
Selber schuld. Warum wollten Sie den Drachen denn auch unbedingt abwählen? Was war denn das Furchtbare an ihm, abgesehen davon, daß er Ihrem Schönheitsideal nicht entsprach und
hinterher, nach seiner Abwahl, ein paar starrköpfige Fehler
begangen hat? Aber war er denn nicht der Kanzler der Wiedervereinigung? Hat er denn nicht maßgeblich zur Sicherung und
Stabilisierung des Wirtschaftsstandorts Deutschland beigetra-
gen? Und hat er nicht beinahe im Alleingang das Projekt Europa
auf Kurs gebracht?

Zwaifel:
Dieser Heuchler! Die Wiedervereinigung ist ihm doch förmlich in
den Schoß gefallen! Während er noch händchenhaltend mit dem
Generalsekretär der SED schöntat, gingen in Leipzig und Ost-
Berlin schon die Bürger unter Lebensgefahr demonstrierend auf
die Straße. Nachdem das DDR-Regime von innen heraus, durch
die eigene Bevölkerung, gewaltfrei zersprengt worden war,
konnte der Drache doch gar nichts anderes mehr machen, als zu
sagen: »Na gut, okay, dann seid uns halt willkommen, wenn's
denn unbedingt sein muß.« Und was er danach getan hat, haben
wir ja alle miterlebt. Die sogenannte Wiedervereinigung war faktisch eine Annexion. Und eine gewaltige Maulschelle für alle

Bürger der Neuen Bundesländer, die sich noch über ein ganzes
Jahrzehnt später für gleiche Leistung mit weniger Lohn begnü-
gen müssen, als Menschen zweiter Klasse.

Psychologe:
Sie reden wie ein Neu-Bundesbürger.

Zwaifel:
Ich bin ein Wessi. Aber das hindert mich ja nicht daran, Ungerechtigkeit als solche wahrzunehmen. Wissen Sie, ich habe diese
rührende Vorstellung von der Wiedervereinigung gehabt, während sie in vollem Gange war. Ich hatte gehofft, daß ein bißchen
was von der roten Farbe des Sozialismus ins gewaltige Schwarz
der Bundesrepublik mit einfließt, und daß das Schwarz dadurch
weniger unheimlich, mehr menschenorientiert und vielleicht
sogar ein bißchen idealistisch durchfärbt wird. Aber nichts dergleichen ist geschehen. Das Schwarz wälzte sich wie kochender
Teer über den Osten und ließ nichts mehr übrig als Trostlosigkeit
und Wüste, eine vor allem auch geistige Einöde, in der außer
dumpfem rechtsradikalem Gedankengut kaum noch etwas gedeihen kann. Es ist eine zum Himmel schreiende Schande, was
aus den Menschen geworden ist, die mit ihren bloßen Händen
die Mauer zerbrochen haben.

Ermittler:
Was haben Sie denn erwartet? Die Wiedervereinigung als jahr-
zehntelanges Volksfest? Und wer finanziert das Ganze?

Zwaifel:
Dieselben, die sowieso immer alles finanzieren. Wir. Die einfachen Arbeitnehmer. Aber um ein Volksfest wäre es mir gar nicht
gegangen. Ein bißchen weniger Ausbeutung und Über-den-

Tisch-Zieherei hätte mir schon genügt, um mich nicht ganz so sehr als Bestandteil einer siegreichen und arroganten Besatzungsmacht fühlen zu müssen.

Psychologe:
Bei all Ihrer Verbitterung, die Sie über den Verlauf der Wiedervereinigung empfinden, bei all ihrer Abneigung gegen den »Drachen«, wie Sie ihn nannten, leuchtet mir nicht ein, weshalb Sie nicht den Drachen erschossen haben, sondern einen Amtsnachfolger. Der Drache war immerhin sechzehn Jahre lang verantwortlich für alles, was Ihrer Meinung nach hier schiefläuft, der Amtsnachfolger hatte sehr viel weniger Zeit. Haben Sie Ihren Plan zu spät gefaßt, haben Sie den Falschen erschossen, oder steckt noch ein verborgener Sinn dahinter?

Zwaifel:
Ich wollte aus dem Drachen keinen Märtyrer machen.
Mittlerweile hat er sich ja glücklicherweise durch seine Parteispendenaffäre selbst demontiert und wird hoffentlich als kriminelle Unperson aus den Geschichtsbüchern gelöscht werden, in denen er immer so gerne als strahlender Held dargestellt werden wollte. Aber der jetzige Kanzler hatte eine so attraktive Fassade. Ich dachte mir, wenn man ihn tötet, und ihn dadurch davon abhalten kann, allzuviel Scheiße zu bauen, kann man seinen guten Ruf retten, und immerhin den Eindruck eines guten und menschlichen Kanzlers erzeugen.

Ermittler:
Das wird mir jetzt zu verrückt. Sie haben den Kanzler erschossen, um seinen guten Ruf zu retten?

Zwaifel:
Es wäre so unglaublich wichtig, daß Politiker gut sind. Daß sie
gute Menschen sind und gute Politiker. Aber sie sind es nicht.
Die Politiker von heute sind alle nur eitle Selbstbereicherer,
denen die Nöte von Volk und Welt doch vollkommen am Arsch
vorbeigehen. Hauptsache, die eigenen Taschen sind gefüllt und
die Macht-Claims sind abgesteckt, dafür klammert man sich an
Amt und Würden, bis auch der letzte Rest von Würde dahin ist.
Der Kanzler, den ich erschossen habe, war politisch ein Windei,
aber eines, daß nach außen hin in unserer Medienlandschaft
ordentlich was hermachte. Wenn man so jemanden tötet, finden
es alle irgendwie schade, und wenigstens für kurze Zeit liegt
wieder ein Traum über dem Land, ein Traum von einem wirklich
guten und gerechten König, der viel zu früh – und nicht zu spät,
wie sonst immer – von uns gegangen ist. Eine Lichtgestalt steigt
auf, an der weitere Amtsnachfolger gemessen werden müssen.
Diese Lichtgestalt ist natürlich nur Fiktion, aber ich bin halt
Schriftsteller gewesen. Wenn man die Realität nur noch dadurch
verbessern kann, daß man ihr Fiktionen schenkt, dann muß man
das wohl tun. Wenigstens das. Das ist traurig, aber so sieht's
nun mal aus. Kann ich übrigens auch etwas zu trinken bekommen ?

Ermittler:
Was wollen Sie denn haben?

Zwaifel:
Ein Mineralwasser wäre nett.

Ermittler:
Mit oder ohne Kohlensäure?

Zwaifel:
Kohl in Säure klingt sympathisch. Mit.

Ermittler:
Ich kümmere mich drum, ich muß sowieso mal raus. Wollen Sie
noch'n Kaffee?

Psychologe:
Danke nein.

Der Ermittler hebt seinen leeren Kaffeebecher auf, geht langsam
zur Tür und klopft.
Die Tür wird von draußen geöffnet und er schlüpft hindurch.
Zwaifel und der Psychologe bleiben allein. Eine Zeitlang herrscht
Schweigen zwischen ihnen. Der Psychologe spielt mit seinem
Bleistift herum, Zwaifel rasselt leise mit den Handschellen.

Psychologe:
Verraten Sie mir Ihren Trick?

Zwaifel:
Hm?

Psychologe:
Sie reden sich hier um Kopf und Kragen, gestehen alles und
geben alles zu, räumen keinerlei Reue ein, formulieren andererseits aber auch sachlich genug, um geistige Unzurechnungsfähigkeit oder simple Dämlichkeit auszuschließen. Mit einem
Wort: Sie weisen jegliche Form von mildernden Umständen weit
von sich. Dennoch sitzen Sie hier ganz entspannt und sind sogar

eines Lächelns fähig, so als würde Ihnen eine andere Zukunft blühen als lebenslänglich in einer Strafverwahrung der höchsten Sicherheitsstufe. Also was ist der Trick? Ich weiß, daß fundamentalistische Moslems sich mit Freuden selbst in die Luft sprengen, weil man ihnen von klein auf beigebracht hat, daß Märtyrer Einlaß ins Paradies finden. Aber Sie sind doch wahrscheinlich Atheist, oder?

Zwaifel:
Ja. Ich bin der Meinung, daß es da oben niemanden gibt, der die Zügel in der Hand hält, der alle Schrecknisse und Greuel der Menschheitsgeschichte als Teil eines unendlich komplexen Heilsplanes entworfen hat und absegnet, und der uns im letzten Moment noch den Karren aus dem Dreck ziehen wird. Es werden keine Aliens in Raumschiffen landen, um uns mit sich mitzunehmen, und es wird auch kein Jüngstes Gericht geben, keine Belohnung für die Aufrechten und keine Bestrafung für die miesen Arschlöcher. Wenn wir uns nicht selber retten, wird es niemand für uns tun.

Psychologe:
Also was ist dann Ihre Belohnung? Was haben Sie – nach Ihrem eigenen Weltbild – noch zu erwarten?

Zwaifel:
Ich vermute, Sie stellen mir diese Frage um herauszufinden, ob ich suizidgefährdet bin. Sie können auf Ihrer psychopathologischen Liste in dieser Zeile ein Kreuzchen bei »Nein« machen.

Psychologe:
Warum sollte ich Ihnen das glauben?

Zwaifel:
Weil ich wenigstens versucht habe, mich dem schleichenden
Kollektivselbstmord der Gattung Mensch entgegenzustemmen.

Ich bin also viel weniger suizidal veranlagt als Sie, der leitende
Ermittler, jeder einzelne Beamte in diesem Strafvollzug und der
bereits freien Willens in den Tod gegangene Bundeskanzler.

Psychologe:
Freien Willens in den Tod gegangen? Sie haben ihn nicht vorher
gefragt.

Zwaifel:
Er hätte nicht Kanzler werden und somit in verantwortlicher
Position die Linie einer verheerenden Politik vertreten und fort-
führen müssen. Niemand zwang ihn dazu außer seinem eigenen
Ehrgeiz. Das nenne ich freien Willen.

Psychologe:
Ist Ihnen jemals der Gedanke gekommen, daß jemand in einer
solchen Position auch Sachzwängen unterworfen sein könnte?

Zwaifel:
Sachzwängen? Das ist doch immer nur eine peinliche Ausrede.
Selbst jemand in meiner Position – und die ist viel niedriger und
unvorteilhafter als die eines Staatschefs – kann Sachzwängen
zuwiderhandeln, wenn er nur bereit ist, den damit verbundenen
Preis zu zahlen.

Psychologe:
Oder jemand anderen zahlen zu lassen.

Zwaifel:
Ich habe den Kanzler nicht erschossen, um mich von etwas rein-
zuwaschen. Der Kanzler starb nicht für meine Sünden. Ich ließ
ihn vielmehr für seine eigenen Sünden bezahlen, die meistens in
Unterlassungen bestehen. Unterlassenen Hilfeleistungen für die
Armen und Schwachen und diejenigen, die ohne Stimme sind.
Man kann mir wohl kaum vorwerfen, aus persönlicher Bereicherung gehandelt zu haben, es sei denn, man würde diese Handschellen hier als attraktiven Modeschmuck mißverstehen.

Psychologe:
Genauso hat der »Drache«, wie Sie ihn nennen, aber auch immer
argumentiert, als man ihn wegen der Spendenaffäre in die
Mangel genommen hat. Er hat jegliche persönliche Bereicherung
entrüstet abgestritten und alles nur zum Wohle der Partei und
zum Wohle Deutschlands getan. Genau wie Sie.

Zwaifel:
Aber er hat gelogen. Das fiese, fette Tier hat pausenlos gelogen.
Denn wer hat letzten Endes davon profitiert, daß die Parteisäckel
immer gut gefüllt waren und alle Gleise hin zur Wirtschaft wohl-
geschmiert? Er selbst, der sich in seinem eigenen, verfilzten,
sechzehnjährigen Machterhaltungsapparat so behaglich einge-
richtet hatte wie eine Spinne in der Mitte ihres Netzes. Die gesamte Maschinerie hatte nur einen einzigen Zweck: den Drachen
in seiner prunkenden und barocken Allmachtsposition zu behal-
ten, und jegliches gegenläufige Zittern schon im Ansatz ruhigzu-
stellen. Da ist keine Ideologie im Spiel gewesen, es sei denn,
man würde den Verdauungstrakt ideologisch aufwerten. Der
überriechende Odem des Drachen verbreitete Stagnation, und
das Ausbleiben jeglicher Beweglichkeit kam immer nur dem
Drachen zugute. Ein Perpetuum Immobile. Dafür allein gebührt
ihm nun doch wieder ein Platz in der Geschichte, unter den gro-

ßen Schurken des letzten Jahrhunderts. Die Männer, die langsam und genüßlich die Demokratie vergewaltigten.

Die Tür wird von unsichtbaren Händen geöffnet, der Ermittler
kehrt zurück, stellt einen Plastikbecher mit Mineralwasser vor
Kain Zwaifel ab, einen neuen Kaffeebecher vor seinem eigenen
Platz und setzt sich wieder. Zwaifel trinkt mit langsamen
Schlucken, als wäre er seit Tagen in der Wüste unterwegs. Der
Ermittler und der Psychologe beobachten ihn dabei.

Ermittler:
Ich höre immer Demokratie. Demokratie, Demokratie,
Demokratie. Mich würde mal interessieren, wie Sie es eigentlich
mit Ihrem Demokratieverständnis vereinbaren können, einfach
so hinzugehen und ein Staatsoberhaupt umzubringen.
Haben Sie vorher bei Emnid oder Forsa oder Allensbach angeru-
fen und eine repräsentative Umfrage in Auftrag gegeben, »Ent-
schuldigen Sie bitte, wir möchten gerne wissen, ob Sie es befür-
worten würden, wenn der Kanzler umgebracht wird«, und gab
es eine absolute Mehrheit zugunsten der Ermordung? Was ist
demokratisch an dem, was Sie getan haben, und was daran
erinnert eigentlich nicht eher an einen Putsch oder eine sogenannte Machtübernahme?

Zwaifel:
Erstens die Tatsache, daß ich keine Macht übernommen habe,
sondern lediglich Verantwortung. Zweitens die Tatsache, daß
meine Tat nicht dazu führen konnte, irgendein wie auch immer
geartetes System einzusetzen oder zu bestätigen oder aufzu-
werten, sondern, daß meine Tat eine Destabilisierung aller
bereits vorhandenen Systeme verursacht, mit dem Ziel, so etwas
wie Kreativität freizusetzen bei dem Versuch, sich ein System
auszudenken, das wirklich funktionieren kann. Und drittens die

Tatsache, daß dieses Attentat von ganz unten herauf durchgeführt wurde, von einem einfachen Arbeiter, einem von denen, die
so gerne in Zahlen und Statistiken zusammengefaßt und verein-
facht werden, weil man ihnen so etwas wie Individualität schon
lange nicht mehr zugesteht.

Psychologe:
Ich finde es interessant, daß Sie sich gerne als einfachen Arbeiter, als Fabrikarbeiter bezeichnen, während Sie in anderen
Momenten doch auch immer wieder Wert darauf legen, daß Sie
ein Schriftsteller sind, ein Künstler, der einen nom de guerre
führt. Ist das nicht ein Widerspruch? Sind Schriftsteller denn
nicht Privilegierte, nicht im herkömmlichen Sinne »etwas Besseres« als einfache Arbeiter? Sind Sie nicht im Grunde genommen verdammt stolz darauf, etwas Besseres zu sein, eine
Stimme für diejenigen, die keine Stimme besitzen?

Zwaifel:
Oh, Sie machen sich kein Bild davon, wie mühselig es ist, als
Schriftsteller »etwas Besseres« zu werden, solange die Texte,
die man verfaßt, nicht den Anforderungen des Mainstream genü-
gen und überall mit freundlichen Computervordrucken abgelehnt
werden. Ich glaube, es ist ziemlich unmöglich abzuheben, wenn
man sich seinen tatsächlichen Lebensunterhalt durch Zeitarbeit
und Fabrikjobs verdienen muß.

Psychologe:
Sie sagen »verdienen muß«. Sie würden also schon viel lieber
vom Schreiben leben können?

Zwaifel:
Natürlich. Das wäre doch viel angenehmer.

Psychologe:
Dann haben Sie also nicht wirklich ein politisches Klassenbewußtsein. Dann ist Ihre Zugehörigkeit zum einfachen Arbeit-
nehmervolk nur eine hoffentlich vorübergehende Notlösung?

Zwaifel:
Eine Notlösung ist es, morgens um fünf aufstehen zu müssen,
weil um zehn vor sieben am anderen Ende der Stadt meine
Schicht beginnt, und dann abends um neun todmüde ins Bett zu
fallen, ohne die Möglichkeit, einen weiteren vergeudeten Tag als
ausgebeutete Arbeitskraft, die nichts anderes vollbringt, als die
Reichen noch reicher zu machen, wenigstens in wütender Prosa
zu verarbeiten. Man schuftet sich halbtot für elf Mark die Stunde
– brutto, versteht sich – und kommt nirgendwohin weiter. Und
die ganze Zeit über ist einem klar, daß dieser Fabrikjob auch
ohne weiteres von jemand anderem gemacht werden könnte,
wahrscheinlich sogar noch besser als von mir, und die Vorarbei-
ter lassen auch keine Gelegenheit aus, einem diese deprimie-
rende Tatsache immer wieder vor Augen zu halten. Falls ich ein
Klassenbewußtsein besitze – und ich gestehe Ihnen gerne ein,
daß ich darüber bislang noch gar nicht nachgedacht habe –,
dann habe ich es mir jedenfalls nicht im gemütlichen Caféhaus,
wo die etablierten Schriftsteller ihren Lebtag verbringen, sozial-
romantisch zusammengedichtet, ich habe es mir erarbeitet, im
wahrsten Sinne des Wortes, und das im Akkord, oder in einem
lichtlosen Lager als Produktionshelfer. Nicht die Art von Lager,
an die Sie jetzt denken, aber fast ebenso freud- und hoffnungslos.

Ermittler:
Sie vergleichen allen Ernstes die Arbeitsumstände in einem
Fabriklager mit den Lebensumständen in einem Arbeits- oder
Konzentrationslager?

Zwaifel:
Nein. Ich nehme das wieder zurück. Das war geschmacklos von
mir. Und gedankenlos. Ich habe kein wirkliches Klassenbewußtsein, glaube ich, obwohl mich überrascht hat und mir dann wohl
auch imponiert hat, wieviel ehrliche Herzlichkeit es geben kann
unter denjenigen, deren Einkommen so niedrig sind, daß es
nicht möglich ist, eine Familie ausreichend davon zu ernähren.
Ich bin erstaunlich gut behandelt und akzeptiert worden von den
einfachen Malochern, obwohl ich als studierter Geisteswissen-
schaftler keine Schwielen an den Händen hatte. Manchmal denke
ich, ich habe dort unten weniger Falschheit gesehen als oben in
den Palästen, in denen ich später zu Gast war. Aber ich kann mir
wohl dennoch nicht anmaßen, ein echter Arbeiter zu sein, dazu
wollte ich zu sehr immer nur dort weg. Ich habe kein
Klassenbewußtsein. Ich habe nur ein Bewußtsein.

Ermittler:
Sie haben vorhin die Ablehnungsschreiben der Verlage erwähnt.
Wir haben in Ihrer Wohnung diverse Ablehnungsschreiben
gefunden bezüglich eines Romans, den Sie geschrieben haben.

Zwaifel:
Ja. Überall abgelehnt mit den besten Wünschen für die Zukunft.
Wahrscheinlich politisch und sprachlich viel zu radikal und unbe-
quem, aber man erfährt heutzutage nicht mehr, weshalb man
abgelehnt wird. Für persönliche Briefe haben Lektoren gar keine
Zeit.

Ermittler:
Wie würden Sie dem Vorwurf begegnen, daß das Attentat, das
Sie verübt haben, nichts weiter als der sinnlose Amoklauf eines
durch und durch frustrierten Möchtegernschriftstellers war?
Zwaifel:

Tja, so könnten Sie's für die Öffentlichkeit wohl aussehen lassen. Es gibt keine bewährtere Methode, die Allgemeinheit zu beruhigen, als zu konstatieren: »Der das getan hat, war einfach nur ein Spinner.« In Amerika nennt man das die »Lone Nut Theory«, damit ist bislang noch jedes politische Attentat in der an politischen Attentaten reichen amerikanischen Geschichte erfolgreich versiegelt worden. Aber nichtsdestotrotz ist dieser Vorwurf lächerlich. Wenn da etwas dran wäre, hätte ich ja wohl einen Verleger erschießen müssen, und nicht den Bundeskanzler.

Psychologe:
Es ist aber doch immerhin denkbar, daß Sie darauf spekuliert haben, einen Verleger und reißenden Absatz zu finden, wenn Sie vorher durch bombastische Schlagzeilen zu Ruhm gekommen sind.

Zwaifel:
Das ist eine interessante Theorie. Ein bißchen verschroben zwar, denn was hätte ich hinter Gittern schon von einem wie auch immer gearteten Ruhm, aber durchaus interessant. Sie kommen der Wahrheit langsam näher.

Ermittler:
Welcher Wahrheit?

Zwaifel:
Der Wahrheit, daß ich keine Romane mehr schreiben will und auch keine schöngeistigen Metaphern mehr wie die Geschichte namens »Kain«, die Sie sicherlich bei mir zuhause gefunden haben. Sie kommen der Wahrheit näher, daß ich die Belletristik an den Nagel gehängt habe, weil sie nichts weiter ist als narzißtische und masturbatorische Zeitverschwendung. Dennoch habe

ich tatsächlich vor, noch ein Buch zu schreiben. Im Gefängnis.
Ich werde sehr sorgfältig formulieren können und vielleicht
sogar ein neues politisches Vokabular entwickeln, denn ich
werde ja jahrzehntelang nichts anderes sinnvolles zu tun haben.
Das wird kein Roman mehr sein, sondern ein Manifest, mein
Manifest. Sämtliche Erklärungen dafür, warum ich es getan
habe. Warum man den Kanzler erschießen mußte. Warum der
Todestag initiiert werden mußte. Ich kann das in einem Verhör
wie diesem nicht erschöpfend erörtern. Ich werde ein paar Jahre
dazu brauchen.

Psychologe:
Wird dieses Manifest einen Titel haben?

Zwaifel:
Weiß ich noch nicht. Der Inhalt wird von Bedeutung sein, nicht
die Verpackung.

Psychologe:
Wie war eigentlich der Titel Ihres Romans, der von allen
Verlagen abgelehnt wurde?

Zwaifel:
Das spielt doch keine Rolle mehr. Haben Sie das Manuskript
dieses Romans in meiner Wohnung sicherstellen können?

Ermittler:
Wir haben nichts dergleichen gefunden.

Zwaifel:

Konnten sie auch nicht. Ich habe das Manuskript vernichtet. Verbrannt, zwei Tage, bevor ich den Kanzler erschossen habe. Die Diskette, auf der der Text abgespeichert war, ebenfalls. Das Buch existiert nicht mehr und wird nie wieder existieren, deshalb tut der Titel nichts mehr zur Sache.

Psychologe:
Aber es war Ihr größtes und umfangreichstes Werk, nehme ich an?

Zwaifel:
Ja. Über fünfhundert Seiten.

Psychologe:
Warum haben Sie es dann vernichtet?

Zwaifel:
Weil es zu unrealistisch war. Zuviel Phantasie, zuviele erfundene Begebenheiten. Ich wollte verhindern, daß mein Attentat durch einen zusammengesponnenen Text abgewertet werden kann. Ich habe meinen Abschied von der Kunst genommen. Ich bin nun kein kulturelles Wesen mehr, sondern nur noch ein gesellschaftliches. Meine Taten sind ernsthaft. Ich dichte nicht mehr. Mein Manifest wird die Wahrheit enthalten, in ihrer blendendweißesten Gestalt. Nur jemand, der nichts mehr zu verlieren hat, kann so etwas schreiben. Schöngeister sind dafür viel zu schwärmerisch.

Psychologe:
Wie kommt das, daß jemand Abschied nimmt von dem, was er vorher war? Da muß doch etwas Einschneidendes passiert sein

in Ihrem Leben. Soweit ich darüber informiert wurde, fing Ihre schriftstellerische Arbeit doch gerade an, langsam einträglich zu werden. Ihre Geschichte von »Kain« wurde in einer Anthologie veröffentlicht und bekam ein paar recht gute Rezensionen. Den Tagen als Niedriglohnarbeiter winkte ein Ende. Aber plötzlich verbrennen Sie Ihr größtes Potential und werden zum Mörder. Warum? Wie ist so etwas möglich?

Zwaifel:
Zehntausend Gründe, die sich ansammeln und ansammeln, bis das Gefäß irgendwann überläuft.

Psychologe:
Zehntausend Gründe, die alle in Ihrem Manifest erörtert werden?

Zwaifel:
Ja. Im Detail.

Psychologe:
Tut mir leid, aber ich glaube Ihnen kein Wort. Zehntausend Gründe ergeben vielleicht einen Mord an jemandem, den man weniger als eine Person denn vielmehr als ein Symbol begreift, aber zehntausend Gründe führen nicht dazu, daß man sein bisheriges Dasein verleugnet. Da muß etwas ganz Bestimmtes passiert sein, Ihnen widerfahren sein, damit ein politisch kritischer Autor komplett aus dem Gleis springt.

Zwaifel:
Das werden Sie nicht verstehen.

Psychologe:

Das können Sie nicht wissen. Sie wissen viel weniger über mich als ich über Sie.

Zum ersten Mal wirkt Zwaifel nervös. Er dreht seinen beinahe leeren Trinkbecher zwischen den Händen herum. Sein Kopf ist gesenkt und seine Körperhaltung eigenartig verkantet.

Zwaifel:
Es klingt so blöd, darüber zu reden. Es klingt wie ein Klischee.

Ermittler:
Das meiste von dem, was Sie heute hier gesagt haben, klang wie ein Klischee.

Psychologe:
Versuchen Sie es doch einfach. Bislang klafft in Ihren Erzählungen immer noch eine Lücke zwischen den abstrakten Motiven und der eigentlichen Tat. Der Auslöser fehlt. Erzählen Sie uns von dem Moment, an dem Ihnen klar wurde, daß Ihr bisheriges Leben nichts bedeutet, und daß eine Zukunft hinter Gittern oder sogar ein Erschossenwerden während des Attentats die einzig gangbare Option darstellt.

Zwaifel:
Es war das Mädchen.

Ermittler:
Aha. Jetzt kommen Sie also langsam damit rüber. Das Mädchen steckt doch mit drin in der Sache.
Zwaifel:

Nein, überhaupt nicht. Sie wußte nichts von meinem Plan. Sie hätte das auch nie verstanden oder gebilligt. Aber sie war der Auslöser.

Psychologe:
Wie das?

Zwaifel:
Weil ich zum ersten Mal richtig geliebt habe. Mein ganzes Leben lang hatte ich ein Problem damit. Gut, man schwärmt mal für ein Mädchen, oder man begehrt eines körperlich, und wenn sie es ebenfalls möchte, kann man mit ihr schlafen. Aber echte Liebe, diese bedingungslose Zuneigung und Zärtlichkeit, die unbescheiden genug ist, die gesamte Ewigkeit umfassen zu wollen, habe ich vorher nie empfunden. Nicht, bevor ich ihr begegnet bin.

Ermittler:
Das ist einer der Gründe, weshalb wir Ihnen immer nur die Hälfte glauben können von dem, was Sie uns hier erzählen. Sie tischen uns Märchen auf von »Briefbeziehung« und »nichts Festes«, aber die Briefe sprechen eine andere Sprache.

Zwaifel:
Aber es ist wahr, daß dieses Mädchen keine weitere Bedeutung für diese Untersuchung hat, weil sie mit der Tat nichts zu tun hat. Und auch das kann man anhand der Briefe belegen. Da ist nie von Politik die Rede.

Ermittler:

In den Briefen vielleicht nicht, aber bei persönlichen Begegnungen und in Telefonaten doch wohl schon.

Zwaifel:
Da ging es erst recht nicht um Politik. Warum müssen wir immer wieder darauf herumreiten? Ich habe Ihnen das schon mehrmals zu erklären versucht. Je unmittelbarer man sich zueinander verhält, um so weniger gesellschaftlich wird man.

Psychologe:
Ich verstehe das immer noch nicht. Was ist denn nun der Auslöser? So, wie Sie es schildern, und so, wie die Briefe es darstellen, schien es eine wunderbare, erfüllte, harmonische Beziehung zu einer attraktiven und intelligenten jungen Frau zu sein. Man wirft aber all das doch nicht plötzlich so mir nichts, dir nichts weg und bringt jemanden um. Das ergibt doch keinen Sinn.

Zwaifel:
Das ergibt sehr wohl einen Sinn.

Psychologe:
Erklären Sie mir das. Ich verstehe es einfach nicht.

Zwaifel:
Zum ersten Mal in meinem Leben habe ich über die Zukunft nachgedacht. Über meine Rolle in der Zukunft. Ich habe darüber nachgedacht, dieses Mädchen zu heiraten und ein Kind mit ihr zu haben. Wenn man sich dann aber klarmacht, in was für eine Welt ein Kind hineingeboren wird, wenn man darüber nachdenkt, wie man die Augen und Ohren eines neuen, unschuldigen Menschen vor all dem Horror und den Ungereimtheiten und den

Ungerechtigkeiten dieser Welt schützen soll, dann bleibt einem nur schiere Verzweiflung. Dann fällt einem auf, wie egozentrisch, verantwortungslos und letzten Endes feige es ist, sich in die Behaglichkeit einer privaten Familienidylle zurücksinken zu lassen, während rings umher alles in Trümmer geht und die Zukunftsperspektive der eigenen Nachfahren den Höllenvisionen mittelalterlicher Apokalyptiker immer ähnlicher wird. Und dann war da noch dieser Gedanke, der mich nicht mehr losließ: Was, wenn mein Kind in zwanzig, fünfundzwanzig Jahren ein kritischer, intelligenter und bewußter Mensch geworden ist – also genau das, wozu ich mein Kind gerne hätte erziehen wollen – und wenn dieser Mensch dann eines Tages zu mir kommt und mich fragt: »Vater, was hast du eigentlich getan, damals, als alles anfing schiefzulaufen?« Wie würde ich auf diese Frage antworten? Würde ich mich so herauswinden wie die Deutschen, die das Dritte Reich bevölkert haben? Würde ich Sachen sagen wie »Ich habe von nichts gewußt« oder »Was hätte ich denn tun sollen, die anderen waren doch in der Überzahl und hatten die Macht«? Aber was für Lügen würden das sein! Es stimmt nämlich einfach nicht, daß wir nichts wissen. Sie beide wissen genauso gut wie ich, daß der Regenwald, der für die Ökosphäre unseres Planeten von entscheidender Bedeutung ist, jeden Tag ein großes Stück weiter vernichtet wird. Sie beide wissen, und ich weiß es auch, daß die Ozonschicht immer dünner wird und immer weiter aufreißt, daß der Meeresspiegel langsam steigt, daß jeden Tag Tier- und Pflanzenarten aussterben, die es nie wieder geben wird, daß die sogenannte »Jahrhundertflut« jetzt jedes Jahr kommt, weil die Klimabedingungen immer mehr in Schräglage geraten, daß die Dritte Welt immer mehr verelendet, während in der Ersten Welt die Kluft zwischen den wenigen Reichen und den überzähligen Armen immer größer wird, bis Umverteilungskriege losbrechen müssen. Wir alle wissen heute schon, daß die Reserven an fossilen Brennstoffen endlich sind, und daß auch Trinkwasser schon in wenigen Generationen ein Grund für Kriege sein wird. Wir wissen, daß eine Endzeit heraufdämmert, gegen die selbst das finsterste, pestverseuchteste

Mittelalter oder der Dreißigjährige Krieg noch wie familien-
freundliche Naherholungsparks wirken. Aber wir tun nichts
dagegen. Und warum nicht? Weil das alles noch in einer gewissen Entfernung liegt, weil wir geistig um die nächste Ecke her-
umlugen müßten und uns das im Moment viel zu aufwendig und
unbequem scheint. Und wir tun auch deshalb nichts, weil es uns
allen verdammt nochmal viel zu gut geht. Wir haben Dächer über
den Köpfen, durch die es keine Säure regnet, wir haben genügend anzuziehen, um hunderten von Modedesignern zu Lohn
und Brot zu verhelfen, und wir haben so viel zu fressen, daß wir
Verdauungsschnäpschen und Tabletten schlucken müssen, damit
uns von unserer eigenen Völlerei und Maßlosigkeit nicht spei-
übel wird.

Nein. Mir wurde klar, daß ich niemals in der Lage sein würde,
mein Kind anzulügen, sondern daß ich gezwungen sein würde,
meinem Kind zu sagen, daß die Welt so ist, wie sie ist, weil ich
und alle anderen meiner Generation erbärmliche Feiglinge
waren, die die Köpfe in die Ärsche unserer Vorgesetzten steck-
ten, als der Sturm heranwogte und es zum Gegensteuern noch
nicht zu spät war. »Irgend jemand wird es schon richten« denken
wir alle. Die Politiker oder ein Messias oder die Außerirdischen
oder die unsichtbare Hand eines sich selbst regulierenden
Marktes oder die Natur selbst mit all ihrer reinigenden Gewalt
werden kommen und nicht zulassen, daß alles kaputtgeht. Aber
niemand kommt, denn wir haben uns mittlerweile vollkommen
isoliert. Wir sind das größte und prächtigste Schiff auf seiner
Jungfernfahrt, und wir sinken, weil unsere Egos zu schwer
geworden sind. Ich würde meinem Kind gestehen müssen, daß
ich schuld bin. Und ich würde die Enttäuschung und die ankla-
gende Wut in seinen Augen nicht verkraften können.
Also entschloß ich mich zum Handeln. Damit ich später wenigstens darauf hinweisen kann, daß ich nicht passiv geblieben bin,
sondern daß ich immerhin einen der Rädelsführer des gesamtglobalen Schlamassels aus dem Verkehr gezogen habe. Auch
wenn das bedeutet, für den Rest meines Lebens hinter Gittern zu
sitzen, und daß das Kind, um dessentwillen ich all dies getan

habe, deshalb niemals existieren wird, weil ich keinerlei Ge-
legen-heit mehr haben werde, es zu zeugen. Dann ist dies alles
letzten Endes vielleicht nur für mich, damit ich auch weiterhin
beim Rasieren in den Spiegel schauen kann, ohne den Wunsch
zu verspüren, mir die Visage zu zerschneiden. Oder damit ich
dem Mädchen, das ich jetzt für immer verloren habe, wenigstens
klarmachen kann, daß sie die Wahl hatte zwischen einem
Heuchler, den sie bekommen konnte, und einem, der ehrliche
Liebe empfindet und bereit ist, dafür mit Einsamkeit zu büßen.

Ermittler:
Halten Sie sich für so etwas wie einen großen romantischen
Helden?

Zwaifel:
Nein. Auf das alles, was ich Ihnen gerade erzählt habe, bilde ich
mir überhaupt nichts ein. Ich glaube, daß ich nicht stärker bin
als andere Menschen, sondern schwächer, weil ich nie die Kraft
hatte, mir ein Weltbild zurechtzubiegen, in dem alles in Ordnung
ist und ich eine gute Figur abgebe. Mir fehlten stets die grundle-
genden Eigenschaften, die man zum sozialverträglichen Überle-
ben benötigt. Also wurde ich zuerst ein Träumer, dann ein
Träumer mit einer Waffe, und jetzt, zuletzt, ein Traum.

Psychologe:
Der Kanzler war für Sie ein »Rädelsführer des gesamtglobalen
Schlamassels«. Es ging Ihnen also nicht nur um Deutschland?

Zwaifel:
Natürlich nicht, das würde ja einen Patrioten aus mir machen,
und kein Deutscher darf nach Auschwitz noch Patriot sein. Aber
ich bin halt auch keiner, der hingeht und sich anmaßt, den

Franzosen oder Amerikanern oder Italienern ihre Präsidenten wegzuknallen oder den Spaniern oder Schweden ihren König oder den Briten ihren Premierminister. Ich bin Deutscher, in Deutschland geboren, und habe mein gesamtes Leben in Deutschland verbracht. Nur hier kann ich ansetzen, nur hier habe ich die staatsbürgerliche Befugnis zum Handeln. Das Recht gewählt zu werden und das Recht zu wählen.

Psychologe:
Aber der Kanzler kann unmöglich für alles verantwortlich gemacht werden, was in der Welt schiefläuft.

Zwaifel:
Richtig. Was diesen Punkt angeht, drehen wir uns immer wieder im Kreis. Der Kanzler ist nicht an allem schuld. Und der Tod des Kanzlers löst genau genommen kein einziges Problem. Aber der Kanzler ist die perfekte Person, deren gewaltsames Ableben einen Effekt erzeugt, der die Menschen dazu zwingt, sich mit allem, was aus den Fugen geraten ist, auseinanderzusetzen. Die Ermordung eines Kanzlers verursacht einen internationalen Schock, sowie einen Sog der Empörung und ein verlangendes Tasten nach einem Sinn, einer Erklärung. Mein Manifest wird den Menschen diese Erklärung geben.

Ermittler:
Dann ist es also doch so, wie ich vorhin vermutet habe: Das Attentat an sich ist nur Phase Eins, die der Phase Zwei, also der Veröffentlichung des Manifestes, den Weg ebnen soll.

Zwaifel:
Ja, aber das hat nichts mit Verkaufszahlen, Ruhm und Reichtum zu tun, wie Sie mir vorhin vorgeworfen haben. Wahrscheinlich

und hoffentlich wird das Manifest im Internet verbreitet werden und unentgeltlich downzuloaden sein.

Ermittler:

Und Sie werden als Internetprophet mit eigenen Web-Fanpages gefeiert und begeisterte Studentinnen werden Ihnen Liebesbriefe ins Gefängnis schicken. Stellen Sie Sich Ihre Zukunft so rosig vor? Dann sind Sie ja doch nichts weiter als ein zynischer Multi-media-Performance-Künstler. Einer, der über Leichen geht, um sich einen Namen zu machen, den ehrlich zu verdienen er nicht die Klasse hatte. Sie sind kein einsamer Streiter für irgendeine gerechte Sache. Sie sind ein eitler, selbstgefälliger Möchtegern-popstar.

Zwaifel:

Seien Sie doch nicht so unrealistisch. Glauben Sie denn wirklich, mir wird so etwas wie Frieden und Genugtuung vergönnt sein? Die Öffentlichkeit ist kritisch, vielleicht nicht immer einem Politiker gegenüber, obwohl auch das sich ja durch das überfäl-lige Trockenlegen der Spendensümpfe deutlich bessert, aber die Öffentlichkeit ist definitiv kritisch einem verurteilten Mörder gegenüber. Kein einziges meiner Worte wird unkommentiert, unzerpflückt und unverdreht bleiben. Mein Manifest wird kein Sieg werden, sondern lediglich eine neue Ebene eines erst mit meinem Tode endenden Kampfes.

Ermittler:

Gegen wen zum Teufel kämpfen Sie denn eigentlich? Der »Drache« ist abgewählt worden, der amtierende Kanzler ist von Ihnen getötet worden – wer ist denn jetzt noch Ihr Feind?

Zwaifel:

Ich kämpfe gegen die Trägheit der Masse. Ich kämpfe gegen die bequeme Gleichgültigkeit all dem gegenüber, was uns nicht

direkt in unserer freien Lebensentfaltung bedroht. Ich kämpfe dafür, daß die wohlhabende Erste Welt ihren illegitim – nämlich durch Kolonialisierung und rücksichtslose Ausbeutung natürlicher Ressourcen – erworbenen Luxus und ihren paradiesischen Status als Verpflichtung begreift, in die Zukunft auch derer zu investieren, die nicht das Glück haben dazuzugehören. Ich kämpfe dafür, daß vielleicht eines Tages einmal ein bedeutender Bürgerrechtler nicht nur aus einer Position des Unterdrücktseins heraus entsteht, so wie das bei Mahatma Gandhi und Martin Luther King der Fall war, sondern daß eines Tages einer von den Machthabern dieser Erde innehält und feststellt, daß das System ungerecht ist und dringender Reformen bedarf, die er dann halt auch sofort erarbeiten und umsetzen kann. Es kann doch nicht wahr sein und so bleiben, daß die Guten immer nur von unten kommen und alle, die oben sind, Gleichgültigkeit und Arroganz demonstrieren. Ich kämpfe für eine Umverteilung des Bewußtseins von unten nach oben und für eine Umverteilung der Produktionsmittel von oben nach unten, weil ich der Meinung bin, daß dies letzten Endes allen zugute käme.

Ermittler:

Und ich dachte, der Marxismus sei endgültig aus der Mode gekommen.

Zwaifel:

Wir haben bereits festgestellt, daß ich kein Klassenbewußtsein besitze, also kann ich wohl auch kein richtiger Marxist sein. Zumindest nicht in politischer Hinsicht. Wirtschaftlich schon eher. Was Marx über die Funktionsweisen des Kapitalismus herausgefunden hat, ist ja wohl ziemlich objektiv, wissenschaftlich und unwiderlegbar. Wenn er zum Beispiel feststellt, daß das

Produkt immer dem Kapitalisten gehört und nicht dem Arbeiter, der es hergestellt hat, und daß der Wert dieses Produkts einen Mehrwert enthält, der den Arbeiter Arbeit, den Kapitalisten aber nichts gekostet hat, und dieser Mehrwert dennoch das rechtmäßige Eigentum des Kapitalisten wird, dann beschreibt Marx ganz sachlich die Existenzgrundlagen unseres Systems, die jedem, der in diesem System lebt, durchaus bewußt sein sollten. Die marxistische Ideologie, die dann daraus hervorging, ist allerdings furchtbar übers Ziel hinausgeschossen. Ich bin nicht der Meinung, daß eine Herrschaft des Proletariats so ohne weiteres funktionieren kann. Diejenigen, die die Entscheidungen treffen, müssen durchaus eine Elite sein.

Psychologe:
Eine Elite? Jetzt widersprechen Sie sich aber. Sie plädierten doch vorhin noch dafür, daß Politiker basisnah und lebensecht sind. Jetzt wollen Sie plötzlich etwas Elitäres?

Zwaifel:
Ich meine ja nicht Elite im Sinne von Herrenrasse. Ich meine einfach nur, daß ein Politiker bestimmte Fähigkeiten besitzen sollte. Seine Allgemeinbildung sollte sehr umfassend sein, er sollte mehrere Fremdsprachen fließend sprechen, sich in den wichtigsten Ressorts wie ein Fachmann auskennen – was übrigens gegen die gängige Praxis spricht, daß Minister dauernd ihre Ämter untereinander austauschen – und er sollte eine schnelle Auffassungsgabe besitzen, verbunden mit kreativer und diplomatischer Intelligenz. Du wirst ja auch nicht Kapitän einer Fußballmannschaft, wenn du nicht einer der besten Spieler bist. Niemand darf ein Orchester dirigieren, wenn seine Fähigkeiten als Musiker nicht objektiv bewiesen sind. Spitzenpositionen müssen von Spitzenleuten besetzt werden, sonst geht früher oder später alles den Bach runter. Genau das sieht man an unserer Gegenwartspolitik, in der Stromlinienförmigkeit und eis-

kalter Populismus mittlerweile ausschlaggebender für die
Karriere sind, als echte Intelligenz und menschliche Qualitäten.

Psychologe:
Und Sie meinen, daß eine effektive Volksherrschaft keine echte
Intelligenz und menschliche Qualitäten hervorbringen könnte?

Zwaifel:
Keine Ahnung. Vielleicht doch. Aber das wird alles nichts nutzen,
wenn nicht mindestens zwei Faktoren unserer politischen Praxis
grundlegend reformiert werden.

Ermittler:
Aha, jetzt holt der große Reformator seine Thesen heraus und
schlägt sie ans Gefängnistor.

Zwaifel:
Nein. Lesen Sie mein Manifest, wenn es fertig ist.

Ermittler:
Das kann ja noch Jahre dauern, wie Sie selbst gesagt haben.
Also los, jetzt müssen Sie die Karten auf den Tisch legen. Bis
hierhin war alles einfach. Armut ist schlecht und Arbeitslosigkeit
ist schlecht und Ungerechtigkeit ist schlecht und Klimakatastrophe ist schlecht und die korrupten Politiker sind an allem
Schuld. Damit können Sie sicherlich an jedem volltrunkenen
Stammtisch für Furore sorgen. Aber jetzt wollen wir doch mal
sehen, ob Sie nicht nur alles madig machen können, und nicht
nur Leute umbringen können, die Ihnen nicht passen, sondern
ob Sie auch in der Lage sind, ein paar konstruktive Verbesse-
rungsvorschläge vorzubringen.

Zwaifel:

Es wäre Zeitverschwendung, das mit Ihnen erörtern zu wollen.

Ermittler:

Warum?

Zwaifel:

Weil Sie beide so unglaublich gut geölte Zahnrädchen des staatstragenden Apparates sind, daß freischwebende Gedanken über mögliche Alternativen wahrscheinlich völlig wirkungslos an Ihnen abperlen.

Psychologe:

Dann seien Sie doch nicht freischwebend, sondern so konkret wie möglich. Immerhin sind Sie ja nun kein künstlerisches Wesen mehr, sondern nur noch ein gesellschaftliches.

Zwaifel:

Das erfordert trotzdem Offenheit. Mit Offenheit können Sie aber nicht umgehen, denn Sie tragen Rüstungen aus Regeln und Gesetzen. Sie sind es nicht gewohnt, barfuß über unkartographiertes Gelände zu laufen.

Psychologe:

Dann bringen Sie's uns bei.

Zwaifel:

Wie soll man jemandem etwas beibringen, dessen einziger Gedanke an die Zukunft wahrscheinlich darin besteht, seine zum Aufrechterhalten des liebgewonnenen Lebensstandards nie und nimmer ausreichende Altersversorgung durch Privatfinanzierung aufzubessern?

Psychologe:
Jetzt sind Sie aber wirklich inkonsequent. Sie widersprechen sich andauernd selbst. Sie wollen ein Manifest verfassen und es veröffentlichen. Also wollen Sie doch wohl nicht nur eine ausgewählte Elite erreichen, sondern jeden, also auch ihn und mich. Sie erschießen ein Staatsoberhaupt, um eine Schockwelle zu erzeugen, die jeden erschüttert, jeden, also auch ihn und mich. Warum erachten Sie es also auf einmal für unmöglich und sinnlos, uns Ihre Theorien zu erklären? Sie wollen dem Volk ins Gewissen reden? Dann fangen Sie mit uns beiden an. Wir sind das Volk.

Ermittler:
Mehr noch. Wir sind die Einzigen, die sich wirklich Mühe geben, Ihnen zuzuhören und Ihre Gedankengänge nachzuvollziehen. Also wenn Sie bei uns beiden schon das Handtuch werfen, dann wird Ihre Zukunft als selbsternannter Prediger eines neuen Weltgeists ziemlich kläglich werden.

Zwaifel:
Vielleicht haben Sie recht. Vielleicht stört mich ja auch nur, daß Sie beide sich nicht mit meinen Theorien befassen wollen, weil Sie eine eigene Meinung haben und dafür oder dagegen argumentieren wollen, sondern lediglich, weil es Ihr Job ist und Sie dafür bezahlt werden, mir zuzuhören. Das bremst meinen Eifer sehr. Am Kanzler konnte ich mich wenigstens reiben und entzünden, denn er verkörperte die Gegenseite. Sie beide jedoch verkörpern gar nichts. Sie sind nur wispernde Schatten des Systems, unter tausend anderen identischen wispernden Schatten des Systems.

Ermittler:
Mit einem Wort: Sie haben überhaupt keine Verbesserungsvor-
schläge zu machen. Ihr Redefluß endet genau hier, wo wir zum
ersten Mal etwas Neues und Originelles von Ihnen hören wollen.
Sie sind ein Blender, und mehr als jeden anderen blenden Sie
sich selbst.

Zwaifel trinkt seinen Becher leer, knüllt ihn zusammen und
schnippt ihn über den Tisch, so daß er am anderen Ende auf den
Boden fällt.

Zwaifel:
Ich schlage zwei einfache Reformen unseres gegenwärtigen
politischen Systems vor, zwei Reformen, die auseinander hervorgehen und sich gegenseitig bedingen, aber die dennoch zwei
unterschiedliche Schritte auf dem selben Weg darstellen.
Reform Nummer Eins: Die Politik muß vom Geld getrennt werden.
Warum bekommen Politiker überhaupt dermaßen hohe Gehäl-
ter? Sind die Macht und die damit verbundenen Möglichkeiten
und Vergünstigungen denn nicht eigentlich schon Lohn genug?
Wann gibt ein Kanzler eigentlich Geld aus? Wird er nicht
andauernd zu dienstlichen Essen eingeladen? Ist sein Wagen
samt Chauffeur und Benzinkostenrechnung denn nicht ein
Dienstwagen? Kann er seine repräsentative Bekleidung denn
nicht aus irgendwelchen repräsentativen Etats finanzieren? Muß
er seine vielen Reisen in andere Länder etwa selbst bezahlen?
Legt ihm das Weiße Haus eine Rechnung vor, nachdem er dort
übernachtet hat? Was passiert, wenn der Kanzler sich an einer
Imbißbude eine Currywurst kaufen will? Wird der Imbißbetreiber
ihm dann drei Mark fünfzig abknöpfen oder wird er nicht viel
eher sagen: »Lassen Sie stecken, Herr Bundeskanzler, es war
mir eine Ehre, Sie bewirten zu dürfen«? Wann gibt ein Kanzler
eigentlich die halbe Million aus, die sich im Laufe eines Jahres

aus steuerpflichtigen Amtsbezügen, steuerpflichtigen Abgeord-
netendiäten und steuerfreien Aufwandspauschalen zusammen-
läppert? Wozu braucht so ein Mensch so viel Geld?

Ich plädiere dafür, daß Politik in Zukunft kein eigentlicher Beruf
mehr ist, sondern eher die Charakteristika einer Berufung
annimmt. Ähnlich wie bei einfachen Priestern oder Nonnen und
Mönchen, die so sehr von ihrem Glauben und ihrer Mission über-
zeugt sind, daß es ihnen leichtfällt, auf materielle Entschädi-
gungen zu verzichten – ähnlich wie bei denen müßte auch die
Politik Menschen vorbehalten bleiben, die aufgrund ihres politischen Glaubens und ihrer politischen Mission das bedingungslose Bedürfnis verspüren, ihr Leben der Politik zu widmen. Politik
ist nämlich so ungeheuer wichtig, von so essentieller Bedeutung
für unser aller Zukunft, daß es nicht mehr länger hinnehmbar
ist, daß sie sich in den Händen von skrupellosen Selbstberei-
cherern befindet. Es ist immer derselbe Menschenschlag, der zu
den Futtertrögen der einträglichen Posten drängt und sich dann
in Amigo-, Schwarzkonten-, Flug-, Spenden- und Korruptions-
affären verstrickt. Es sind immer dieselben Typen von Männern,
die den Hals nicht voll kriegen können, während ihr Kopf jedoch
vollkommen leer ist. Sie begreifen eine politische Karriere als
einen Managementposten, der unglaubliche Renditen abwirft,
und den nicht anzustreben man ja ein kompletter, ehrgeizloser
Trottel sein müßte. Sie markieren ihr Revier mit Titeln und
Macht, um sich herrlicher und größer fühlen zu können als das
einfache Volk, das sie im Grunde ihrer verhärteten Herzen ver-
achten. All jene würden wir auf einen Schlag loswerden, wenn
es mit der Politik plötzlich kein Geld mehr zu verdienen gäbe.
Wenn Politik nur noch das wäre, was sie eigentlich sein sollte:
harte, verantwortungsvolle und Sorgenfalten auf die Stirnen mei-
ßelnde Arbeit. Arbeit im Sinne des Allgemeinwohls. Arbeit im
Sinne der friedlichen Völkerverständigung und eines dringend
benötigten ökologischen Globalnotplanes. Ich träume von mage-
ren, bescheidenen Politikern, die sich nicht mit hoch über den
Kopf erhobenen Händen feixend fotografieren lassen, sondern
denen man den Kummer und die Sorge um das Volk, und die

vielen in zermürbenden Sitzungen und Debatten durchwachten Nächte deutlich ansieht. All die machtgeilen, eitlen Egoisten, die heute unsere politische Landschaft dominieren, würden sofort das Handtuch werfen und vollständig in die Privatwirtschaft überwechseln, und keiner von uns würde ihnen auch nur eine Träne nachweinen.

Die Trennung der Politik vom Geld würde aber nicht nur den einen positiven Effekt haben, daß wir die ganzen verlogenen Amigos loswerden. Es gäbe noch drei weitere positive Effekte.

Erstens: Einkommensschwache Politiker könnten die Probleme der einkommensschwachen Bevölkerung viel besser nachvollziehen und verstehen, und eine Sozialpolitik in Bewegung bringen, die nicht mehr wie bisher durch die Arroganz der Macht geprägt ist.

Zweitens: Die bei den Politikern eingesparten Bezüge könnten direkt ins soziale Netz umgeleitet werden, und dadurch folgt Drittens: Der soziale Frieden würde zumindest ein kleines bißchen zusätzliche Unterstützung erhalten, und es gäbe weniger Beweggründe für Jugendliche, die keine Zukunft mehr haben, sich aus dem Ramschladen der Geschichte eine braune Vergangenheit zurechtzubasteln.

Ich kenne die beiden Hauptargumente gegen eine materielle Armut für Politiker. Das erste Hauptargument ist das der Staatsgründer, die dafür gesorgt haben, daß die Politikerkaste mit fürstlichen Bezügen verwöhnt wird. Die Staatsgründer haben damals argumentiert, daß nur ein finanziell gutsituierter und somit in gewissem Ausmaß unabhängiger Staatsdiener gegen Bestechungsversuche immun sein kann. Dies ist eine nette und rührende Idee auf dem Papier, aber die Praxis hat doch wohl nur zu gut gezeigt, daß »reich sein« nicht bedeutet, nicht noch mehr zu wollen. Egal, wie viel einer von diesen Regierenden verdient – wenn ihm ein Konzern anbietet, ihm eine rauschende Geburtstagsfeier zu finanzieren oder ihn kostenlos zu seiner Privatyacht zu fliegen, wird doch nicht Nein gesagt. Über Gegengefälligkeiten braucht nicht gesprochen zu werden, der Schaden ist bereits erfolgt, die objektive Unbefangenheit dahin. Wenn nun aber ein

armer Politiker, der im Bettelmönchsgewand eines Ministerpräsidenten sein hartes und freudloses, jedoch von Inbrunst erfüll-
tes Dasein fristet, auf einmal ein rauschendes Gartenfest

schmeißt, das eine fünfstellige Summe gekostet haben muß,
dann würde doch sofort jedermann stutzig werden. Korruption
würde bei armen Politikern viel eher auffallen, weil die Einkom-
mensverhältnisse armer Politiker viel durchschaubarer sind als
die der heutigen Abgeordneten, bei denen man doch kaum noch
nachprüfen kann, wo etwas herkommt und wo etwas hingeht.
Transparenz heißt das Zauberwort. Transparenz ist gut in der
Politik. Transparenz bedeutet Angreifbarkeit, aber auch Begreif-
barkeit, und bedeutet auch, daß die Politiker sich nicht auf ihre
eigene pseudo-aristokratische Umlaufbahn begeben können, so
wie das heutzutage der Fall ist.

Das zweite Hauptargument der Armutsgegner wäre, daß ein
Kanzler, der in Lumpen gewandet ist, statt in maßgeschneiderte
italienische Anzüge, kein Charisma mehr hätte und dadurch in
seinen Diplomatenpflichten gehandicapt wäre. Aber dieses
Argument ist vollkommener Blödsinn und entspringt einer
Borniertheit, die wir angesichts des internationalen Multikul-
turismus langsam überwinden sollten. Schauen Sie sich doch
einmal den Dalai Lama an, der durch die ganze Welt reist, und
dabei immer das gleiche einfache orangefarbene Gewand seines
tibetanischen Mönchstums trägt. Ich würde behaupten, daß der
Dalai Lama dadurch eher an Ausstrahlung gewinnt als verliert.
Würden Sie mir widersprechen? Entschuldigung, ich vergaß. Sie
werden ja nicht dafür bezahlt, mir zu widersprechen. Sie sollen
nur möglichst viel aus mir herausbekommen.

Ermittler:
Das war's? Klingt für mich nicht nach einer Rechtfertigung,
einem Menschen das Leben zu nehmen.

Zwaifel:

Reform Nummer Zwei: Auflösung der etablierten Parteien. Dieser Gedanke ist jetzt nach der humoristischen Parteispendenaffäre weit weniger ketzerisch, als er noch vor zwei Jahren gewesen wäre, denn mittlerweile ist ja sogar öffentlich über die Auflösung der CDU nachgedacht worden. Dennoch wurde natürlich nichts dergleichen tatsächlich unternommen. Die Parteienlandschaft kommt uns so mächtig, so geschichtlich und unantastbar vor, weil wir unser ganzes Leben in ihr verbracht haben. Das sollte aber nicht darüber hinwegtäuschen, daß es selbst die großen, so ungeheuer traditionsreichen Volksparteien erst seit wenig mehr als einem halben Jahrhundert gibt, und das ist aus historischer Perspektive kein spektakulär langer Zeitraum. Würde man all diese Parteien mittels eines parlamentarischen Beschlusses morgen auflösen, wäre dies die einzige wirklich effektive Methode, um den gräßlichen Filz, der dort seit Jahrzehnten wuchert, auszumisten, um die oligarchistischen Strukturen und Seilschaften auszuhebeln und die in vielen Bereichen geradezu kriminelle Vetternwirtschaft als solche offenzulegen. Die jüngste Vergangenheit hat gezeigt, daß die Parteien mittlerweile gefräßige Monstren geworden sind, die zwar zehntausend grabschende Hände und zehntausend Taschen besitzen, aber keinen Kopf mehr, der einen Überblick hat. In Italien wird die Mafia als Krake bezeichnet; genau den selben Begriff könnte man ohne Abstriche auch auf unsere politischen Parteien anwenden. Man braucht sich aber leider nur anzuschauen, welche traurigen Figuren sich innerhalb des Parteiensystems bis zu den Fraktionsvorsitzendenposten durchstrudeln, um festzustellen, daß es keine echten Reformen dieses Systems mehr geben wird. Wenn es unabdingbar ist, glatt, konturlos und schleimig zu sein, um innerhalb einer Partei voranzukommen, dann funktioniert die Partei wie ein Sieb, das die Spreu nur deshalb vom Weizen trennt, um die Spreu anschließend umso ungehinderter nach oben jubeln zu können.

Was dieses Land braucht, ist eine Parteienlandschaft, die auch unpopulistischen Querdenkern die Chance einräumt, beim potentiellen Wähler Gehör zu finden. Wir brauchen Brainstorming statt Parteibuchgesäusel, und überhaupt in Zukunft viel mehr Hirn als Saumagen. Wir brauchen ein parlamentarisches Forum mit echten, überraschenden Debatten und Abstimmungen, denn wir leben in einer beweglichen Zeit, in der der Zugang zu Informationen und auch Produktionsmitteln nicht mehr nur einer berechenbaren Elite vorbehalten ist, und die politische Praxis müßte dieser Tatsache endlich Rechnung tragen, wenn sie nicht ewig qualitativ und resultativ hinterherhinken will. Ich wiederhole noch einmal etwas, was ich vorhin schon gesagt habe: Politik ist wichtig. Die Politikverdrossenheit der Bürger kommt aber nicht von ungefähr, die wird nicht von den Bürgern ausgebrütet, sondern die wird von mittelmäßigen, festgefahrenen und visionslosen Politikern unters Volk gesät. Ich will in Zukunft keine Kanzlergegenkandidaten mehr, die mich noch depressiver stimmen als der eigentliche Amtsinhaber, sondern ich will per Volksentscheid die Wahl haben zwischen mindestens zehn, besser sogar noch zwanzig Personen, die vielleicht in Frage kommen könnten. Überhaupt könnte in Zukunft viel mehr durch Plebiszite entschieden werden, um der eigentlichen Bedeutung des Wortes »Republik« ein bißchen Rechnung zu tragen. Außerdem wäre das vielleicht ein Anreiz für den Wähler, seinen Arsch öfter aus dem Fernsehsessel zu wuchten, und aus dem bisherigen kläglichen Winseln seiner Wählerstimme einen volltönenden Baß zu machen. Natürlich ist mir vollkommen klar, daß sich nach einer Auflösung der tradierten Parteien sofort neue Bündnisse, neue Absprachen und neue Parteien formieren würden. Die meisten Menschen gehen einfach nach wie vor davon aus, daß sich in einer Gruppe oder Gemeinschaft mehr bewegen läßt als alleine, obwohl das natürlich ziemlicher Unfug und nichts weiter als das Denken von Herdentieren ist.

Aber der springende Punkt ist, daß, bis auch diese neuen Verbindungen wieder etabliert und filzig sind, es eine wunderbare und eminent wichtige Phase der Energetik, der Erfindung, der Mitgestaltung, der Neubefruchtung, des ideologischen Austausches und der politischen Kreativität geben würde, eine Phase, auf die wir einfach verzichten, wenn wir einfach immer nur so weitermachen wie bisher. Wir dürfen nicht der dümmsten aller Verhaltensmaßregeln nachlaufen, die da lautet:»Das wurde hier schon immer so gemacht, warum sollte man da jetzt was ändern?« Der Staat muß anfangen, ein wenig wie ein privatwirtschaftlich organisierter Betrieb zu denken, nur mit noch mehr Verantwortungsbewußtsein dem internationalen Umfeld gegenüber. Das Motto müßte lauten:»Was kann man noch verbessern? Welche Problemlösungen liegen ebenfalls innerhalb unserer Reichweite?« Das Denken muß über Legislaturperioden und über wirtschaftliche Quartalsabrechnungen hinaus Bestand haben. Mit den Parteien, die wir zur Zeit haben, ist dieses Ziel nicht zu erreichen.

Die FDP hat schon lange jegliche Funktion verloren. Die CDU ist jetzt endgültig geoutet als diejenige Partei, die aus der Bundesrepublik Deutschland für anderthalb Dekaden die Bananenrepublik Deutschland gemacht hat. Die SPD hat das Wort »Sozial« genauso aus ihrem Programm gestrichen wie die Parteien mit »C« vorne das Wort »christlich«. Die Grünen haben leider die Oppositionsposition verlassen, in der sie früher eine wirklich wichtige Rolle gespielt haben. Die PDS wird die Aura der dubiosen Nachfolgepartei eines Unrechtssystems niemals loswerden können. Die Republikaner und die DVU sind ein Kasperletheater, in dem es außer Räubern, Teufeln, Hexen und Krokodilen gar keine anderen Figuren mehr gibt.

Wir werden nicht mehr lange so weitermachen können. Wir werden wirklich Krieg bekommen, wenn wir dem Wuchern des Mittelmaßes nicht Einhalt gebieten.

Ermittler:

Wie begegnen Sie eigentlich dem Argument, daß die Politik vielleicht nur deshalb so mittelmäßig ist, weil die Politiker in Wirklichkeit nicht zuviel, sondern zuwenig Geld verdienen? Alle wirklich hellen Köpfe wandern doch viel lieber in die Wirtschaft, weil es dort mehr zu verdienen gibt.

Zwaifel:
Ich fürchte, Sie haben das Grundproblem nicht verstanden. Gute
Politik darf keine Frage des Preises sein, sondern muß eine

Frage der inneren Überzeugung sein. Ich will ja gerade jede
Form von Käuflichkeit aus der Politik heraushalten, da wäre es
doch völlig widersinnig, durch höhere Bezüge all die skrupellosen Schleimbeutel aus der Wirtschaft anzuködern. Politik
braucht keine Gier, sondern einen Geist, und vielleicht sogar –
aber das ist wahrscheinlich zu vermessen: Güte.

Psychologe:
Dieser Krieg, den Sie dauernd anmahnen und von dem Sie auch
in Ihrem Flugblatt immer wieder reden – ist das eine von dem
Philosophen Thomas Hobbes beeinflußte Bürgerkriegsvision?

Zwaifel:
Ich bin wahrscheinlich eher von »Calvin & Hobbes« beeinflußt,
als von Jean Calvin und Thomas Hobbes. Kennen Sie die »Calvin
& Hobbes«-Cartoons?

Psychologe:
Natürlich. Der kleine Junge und der Tiger.

Zwaifel:
Wissen Sie, ich halte Bill Watterson – den Schöpfer von »Calvin &
Hobbes« – für einen weisen Menschen. Er hat auch als Erwachsener nie vergessen, wie die Träume und Schrecknisse der
Kindheit aussehen. Die Welt von »Calvin & Hobbes« ist immer
eine delikate Balance zwischen Terror und Harmonie. Einmal
sagt der kleine Junge sinngemäß: »Der beste Beweis dafür, daß
es im Weltall intelligentes Leben gibt, ist, daß noch keiner von
denen mit uns Kontakt aufgenommen hat.« Ich bin Terrorist

geworden, weil ich es leid war, mich dauernd dafür schämen
zu müssen, zur Gattung Mensch zu gehören.

Aber ich bin jetzt abgeschweift, Sie haben mich nach dem
Bürgerkrieg gefragt.

Wissen Sie, das Witzige daran ist, daß Sie reden können, mit
wem Sie wollen – jeder, der sich auch nur ein paar Gedanken
über die Zukunft macht, kommt irgendwann auf die Bedrohung
durch einen Bürgerkrieg zu sprechen. Die jungen Leute verfol-
gen die sich langsam beschleunigende Rotation der Gewaltspi-
rale mit Sorge und sehen, daß es immer mehr unzufriedene,
gärende Besitzlose und immer weniger Reiche gibt. Die älteren,
konservativen Bürger fürchten, ihren Besitzstand eines Tages mit
dem Gewehr in der Hand gegen Horden von skrupellosen
Plünderern verteidigen zu müssen. Auf genau so ein Szenario,
das an die Outlaw- und Faustrechtsbedingungen des Wilden
Westens erinnert, bewegen wir uns zu, es sei denn, wir bekommen den totalen Polizei- und Überwachungsstaat, und dann sind
wir direkt bei Orwell, und einer weiteren Form von Bürgerkrieg:
Krieg gegen die Bürger.

Vor ein paar Jahren habe ich mal eine Satire geschrieben über
diese Entwicklungen, da sagte der Held, ein moderner Robin
Hood:»Wohlan, dann bin ich nun wohl im Reich der Reichen der
Arm der Armen.« Diese Satire habe ich dann später verworfen,
weil mir das Thema für ein paar fade Witzchen doch zu ernst
war. Aber die Frage, wer eines Tages tatsächlich der»Arm der
Armen« werden wird, hat mich seitdem nicht losgelassen. Im
Grunde genommen könnten sich Skinheads, türkische Jugend-
banden und die linken Punk-Zecken einfach zusammenschlie-
ßen, denn sie haben alle dieselben Probleme. Sie sind jung,
perspektivlos, ungebildet, frustriert, aggressiv und werden von
den Machthabern systematisch um ihre Zukunftschancen
beschissen.

Alles, was es für einen Zusammenschluß bräuchte, wäre ein
einziger charismatischer Demagoge, der ihnen klarmacht, daß
sie eigentlich alle in der gleichen Scheiße stecken und sie alle
den selben Feind haben: den Staat. Das zwanzigste Jahrhundert

müßte uns allen doch noch schmerzhaft genug in den Knochen stecken, daß wir nicht unterschätzen dürfen, welch ungeheures Potential solche Demagogen in Zeiten allgemeiner sozialer Unruhe entfesseln können. Die Russen hatten ihren Lenin, die Chinesen ihren Mao, die Deutschen ihren Hitler. Weltreiche sind allein durch markige Worte zerbrochen worden wie Blätterteig. Wenn man verhindern will, daß die in ihrer Selbstzufriedenheit so lethargisch gewordenen großen Industrienationen sich von innen heraus gegen sich selbst kehren, dann muß den Menschen – und zwar allen Menschen – wieder eine Zukunft geboten werden, die Hoffnung ermöglicht. Eine solche Zukunft wird aber nur möglich durch massive politische Reformen, wie ich sie in meinem Manifest schildern werde. Die Verantwortung dafür, daß solche Reformen eingeleitet werden, liegt bei Personen wie dem Bundeskanzler unseres Landes. Ziel meines Attentates war es, diese Verantwortung sichtbar zu machen und somit einzufordern.

Psychologe:
Immer wieder dieses Wort »Verantwortung«. Das scheint Ihr Lieblingswort zu sein.

Zwaifel:
Ich finde, es gibt zuwenig davon, deshalb versuche ich, mehr davon in die Welt zu bringen. Der moderne Mensch möchte für nichts mehr die Verantwortung übernehmen. Er hält sich für universell haftpflichtversichert. Aber das ist natürlich nur ein Trick derjenigen, die von Destruktivität profitieren.

Ermittler:
Aber das ganze Dilemma des modernen Menschen wird doch nicht dadurch gelöst, daß man die Politik vom Geld trennt, die bisherigen Parteien abschafft und ab und zu mal einen säumigen Regierungschef eliminiert.

Zwaifel:

Nein. Ich sagte doch gerade: Umfassende Reformen werden nötig sein, die ich in meinem Manifest schildern werde.

Ermittler:

Aber Sie haben Ihre Reformen doch schon geschildert.

Zwaifel:

Das waren nur die beiden, die ich für unabdingbar hielt, um überhaupt erst einmal die politische Ernsthaftigkeit, Intelligenz, Beweglichkeit und Kreativität zu ermöglichen, die nötig sein wird, um die weiterführenden Reformen auf den Weg zu bringen. Die weiterführenden Reformen müssen auch von internationaler Konsequenz sein, dazu verpflichtet uns unser Status als eine der führenden und wohlhabendsten Industrienationen der Erde.

Ermittler:

Dann gibt es also noch mehr.

Zwaifel:

Ich könnte hier reden, bis wir alle lange Bärte haben, und Sie würden trotzdem kein einziges Wort verstehen.

Ermittler:

Aber Sie legen doch Wert darauf, daß wir Sie nicht einfach als geistig unzurechnungsfähig abhaken und Sie in der Klapsmühle landen?

Zwaifel:

Ich könnte es wohl kaum verhindern, wenn Sie das vorhaben.

Ermittler:

Doch. Natürlich können Sie das verhindern. Wir sind doch nicht mehr im Mittelalter. Sie haben jederzeit das Recht auf ein unabhängiges Gutachten. Aber das können wir uns vielleicht auch sparen. Geben Sie uns einfach ein umfassendes Bild. Erzählen Sie uns alles, was Sie zu dieser Tat getrieben hat. Wir sind für jeden sachdienlichen Hinweis dankbar.

Zwaifel:

Wenn ich all diese Themen hier mündlich ausbreite, in freier Rede, werden sie weniger überzeugend klingen als wenn ich sie in aller Ruhe schriftlich formulieren kann.

Ermittler:

Was möchten Sie denn gerne sein? Ein Reformator und Propagandarhetoriker? Möchten Sie dieser – wie hat er es ausgedrückt …?

Psychologe:

Was?

Ermittler:

Der, der die rebellischen Jugendlichen zusammenführt. Charismatischer …

Psychologe:

Charismatischer Demagoge.

Ermittler:

Möchten Sie dieser charismatische Demagoge sein, der den Bürgerkrieg entfesselt?

Möchten Sie es selbst sein, statt einfach nur darauf hinzuweisen? Ist es das, wovon Sie träumen, wenn Sie nachts allein im Bett liegen, weil das Mädchen aus der anderen Stadt nicht bei Ihnen ist?

Zwaifel:
Ich möchte den Bürgerkrieg verhindern, nicht ihn auslösen.

Ermittler:
Aber hieß das nicht früher immer: »Frieden schaffen ohne Waffen«? Seit wann tötet man denn im Namen des Friedens?

Zwaifel:
Schon immer. Wenn die Zeiten verzweifelt waren.

Ermittler:
Was ist denn so verzweifelt an unseren Zeiten? Müssen Sie etwa Hunger leiden? Haben Sie im Winter nichts Warmes anzuziehen? Haben Sie Ihre Jugend in einem Schützengraben verbringen müssen? Sind denn nicht selbst die Sozialhilfeempfänger von heute, ja stellenweise sogar die Obdachlosen finanziell besser dran als die Arbeiter in früheren Jahrhunderten, die sich totgeschuftet haben für so gut wie überhaupt keinen Verdienst und keinerlei Absicherung? Was versetzt Sie denn eigentlich in die Lage, auf so verdammt arrogante Weise verzweifelt zu sein?

Zwaifel:
Genau das ist das typische Problem. Die meisten Leute heutzutage interessieren sich so lange nicht für die Großwetterlage, bis ihnen selbst das Wasser bis zum Hals steht. Aber leider ist es dann schon zu spät.

Ich will verhindern, daß wir den wertvollen Moment, an dem wir noch hätten einlenken können, verpassen. Die Erschießung des Bundeskanzlers soll so eine Art Unmittelbarkeit herstellen. Hätte ich mich einfach nur selbst verbrannt und einen Protestbrief hinterlassen, wäre ich sieben Zeilen auf Seite Sechs geworden und hätte bei vielleicht zweihundert Leuten Achselzucken oder Kopfschütteln ausgelöst. Aber der Tod des Kanzlers betrifft jeden, oder macht jeden betroffen, sogar außerhalb der deutschen Staatsgrenzen. Es muß ein Rütteln, ein Ruck durch jeden Einzelnen gehen, um die Energie zu erzeugen, die wir alle gemeinsam werden aufbringen müssen, um die Ärmel hochzukrempeln und den Karren aus dem Dreck zu ziehen.

Ermittler:
Sie wiederholen sich. Es ist immer wieder dasselbe, aber es geht nicht voran.

Zwaifel:
Sehen Sie, meine Generation hat Ihrer Generation zwei Dinge voraus. Wir sind erstens die Atomkriegsgeneration. Wir sind die ersten Menschen, die es je auf diesem Planeten gegeben hat, die mit dem wissenschaftlich fundierten Bewußtsein aufgewachsen sind, daß der Mensch die Macht und die Dummheit besitzt, den gesamten Planeten unfruchtbar und tot zu kriegen. Gut, im Mittelalter hat es auch schon apokalyptische Lehren gegeben, und wenn der Halleysche Komet vorbeischaute, wähnte man jedesmal den Weltuntergang gekommen. Aber wir waren die Kinder, die ganz sachlich und unaufgeregt von ihren Lehrern an die Hand genommen wurden, um eine Schule zur atomwaffenfreien Zone zu erklären und sich Dokumentarfilme über Hiroshima oder die Langzeitstrahlungsopfer von Atombombentests anzusehen. Wir konnten der Apokalypse jederzeit ins scheußliche Antlitz sehen, und wir begriffen, daß dies die Wahrheit war, und nicht irgendeine aufgebauschte Fiktion. Und dann kam der

zweite Vorteil unserer Generation zum Tragen, denn wir waren nicht nur die Kinder der atomaren Endlichkeit, sondern auch die Kinder des Informationszeitalters. Wir wuchsen auf im globalen Dorf, und viele von uns entwickelten dadurch so etwas wie ein globales Bewußtsein. Chaosforschung kam dann dazu, der Flügelschlag des Schmetterlings, alles hängt irgendwie zusammen.

Leider wurden die meisten von uns dann wieder von den Verlockungen des Materialismus verschüttet oder fortgeschwemmt, aber ich bin nach wie vor der Meinung, daß aus meiner Generation noch großes umwälzerisches Potential hervorgehen wird. Die Verzweiflung, die ich empfinde, ist nicht darauf zurückzuführen, daß ich selber Hunger leide, oder friere, oder beschossen und ausgebombt werde. Die Verzweiflung, die ich empfinde, rührt daher, daß andere Hunger leiden oder frieren oder beschossen und ausgebombt werden, während mein eigenes Dasein sich darauf konzentriert, meine nächste Monatsmiete zusammenzubekommen, so als ob das wichtig wäre. Ich kann Ihnen mindestens fünf oder sechs Dinge aufzählen, die in unserer Welt total schieflaufen und die unbedingt reformiert werden müssen, wenn wir nicht alle wie Lemminge sein wollen. Einige von diesen Themen sind vollkommen offensichtlich und bereits so durchgekaut und abgelutscht, daß niemand mehr Lust zu haben scheint, sich noch mit ihnen zu befassen, aber genau das ist ebenfalls ein unglaublich gefährliches Phänomen: Schlechte Nachrichten sind Modezyklen unterworfen, und wenn ungelöste Probleme keinen Nachrichtenwert mehr besitzen, werden sie einfach nicht mehr weiter repräsentiert, wodurch der Eindruck entsteht, sie wären nicht mehr da, also gelöst worden. Nur daß dieser Eindruck eben falsch ist. Ein gutes Beispiel dafür ist AIDS. Nach der großen Medienhysterie in den Achtzigern und frühen Neunzigern krähte bis vor kurzem kein Hahn mehr nach dem Thema. Jetzt ist der Virus aber plötzlich wieder voll da, und zwar deshalb, weil er in Wirklichkeit nie weg gewesen ist. Fast der gesamte afrikanische Kontinent verreckt mittlerweile sang- und klanglos an dieser Krankheit. Wir können's nur einfach nicht

mehr hören. Wir wollen lieber was über Alzheimer wissen,
bevor wir's wieder vergessen. Aber ein Problem zu ignorieren
bedeutet leider nicht, es in den Griff zu kriegen. Schön wär's.

Psychologe:
Dafür gibt es ja Leute wie Sie, die sich berufen fühlen, unser
Gedächtnis und Gewissen zu sein.

Zwaifel:
Eigentlich müßten die Politiker unser Gedächtnis und Gewissen
sein. Sie sind die einzigen, die Probleme wirklich lösen können.
Schriftsteller und andere Künstler haben lediglich die Aufgabe,
auf Probleme hinzuweisen, sie vielleicht sogar zu überzeichnen,
sie im wahrsten Sinne des Wortes zu dramatisieren, damit
möglichst viele Menschen anfangen, sich darüber Gedanken zu
machen, und damit aus diesen Gedanken dann eines Tages
etwas Gutes kommen kann.

Ermittler:
Dann haben Sie allerdings die Aufgabe, auf Probleme hinzuwei-
sen, ziemlich frei ausgelegt. Ein Mord ist etwas anderes als ein
Hinweis. Ein Mord ist keine Kunst.

Zwaifel:
Ich bin ja aber auch kein Künstler mehr. Mit der Schriftstellerei
bin ich fertig. Ich bin jetzt Terrorist und trage einen Kriegernamen.

Ermittler:
Einen Künstlernamen.

Zwaifel:
Einen Kriegernamen.

Psychologe:
Meinen Sie denn wirklich, daß Ihre Tat politische Reformen in
Ihrem Sinne auslösen wird? Werden die Menschen nicht durch
solch eine Tat eher von allem, was Sie ihnen anschließend mit-
teilen wollen, abgeschreckt sein?

Zwaifel reibt sich das Gesicht mit den Händen und fährt sich
dann auch mit den Händen durchs Haar. Er fängt langsam an,
ausgezehrt auszusehen. Mit auf der Tischfläche ausgebreiteten
Armen und im Tonfall von jemandem, der mit kleinen Kindern
spricht, redet er weiter.

Zwaifel:
Meine Tat bildet erstmal nur eine ähnliche Art von Unruheherd
wie die CDU-Spendenaffäre. Zuerst läuft alles kopflos durchein-
ander, und schließlich etablieren sich diejenigen Scheißkerle, die
skrupellos genug sind, andere im Zuge der eigenen Profilierung
über die Klinge springen zu lassen. Scheißkerle führen das vorgeblich große Werk dann fort, im Sinne ihrer Vorgänger, so als
wäre nichts geschehen.
Aber ein Mißklang wird bleiben, ein störender Beiton, der sich
durch die Zukunft fortpflanzt und unvorhersehbare Folgen zeitigt,
so wie der Flügelschlag des Schmetterlings. Dann kommt mein
Manifest und verbreitet sich, wahrscheinlich übers Internet, und
etwas wird in den Köpfen der Menschen geschehen, denn die
Themen, die ich ansprechen werde, gehen jeden an. Die kann
man nicht einfach abhaken, verurteilen und wegschließen. Die
Zukunft selbst ist es, die zur Auseinandersetzung mit diesen
Themen zwingt. Jeder weitere Tag, der vergeudet wird, bedeutet
Schaden.

Ermittler:
Das klingt jetzt wieder nach Weltuntergang. Aber selbst das
Millennium ist gekommen, und nichts, absolut nichts ist passiert.

Zwaifel:
Was hätte denn auch passieren sollen? Das Millennium ist doch
nichts weiter als eine Zahl, eine ziemlich willkürliche Zahl noch
dazu. Wenn die Christen ihre Zeitrechnung nicht bei Jesu Geburt,
sondern erst bei seinem Tod angesetzt hätten, würden wir jetzt
immer noch im zwanzigsten Jahrhundert leben. Sowas spielt
doch alles überhaupt keine Rolle.

Ermittler:
Was dann? Daß Politiker für den undankbaren Job, den sie
machen, bezahlt werden, und daß die Parteien so sind, wie sie
sind?

Der Ermittler sieht müde auf seine Armbanduhr. Er winkt den
Psychologen heran, der sich näher zu ihm hinbeugt. Beide
tuscheln miteinander, der Ermittler macht Gesten in Richtung
Tür, in Richtung auf alles, was außerhalb dieses Raumes ist.
Kain Zwaifel verzeichnet die Hektik der beiden mit einem kaum
wahrnehmbaren Lächeln. Seine Befrager sind im Zeitdruck, er
selbst hat alle Zeit der Welt.
Er fängt an zu reden, während die beiden ihm noch gar nicht
zuhören. Sein Tonfall ist eigenartig, so, als spräche er gar nicht
mehr mit den beiden Anwesenden, sondern mit allem, was
außerhalb dieses Raumes ist.

Zwaifel:
Die größten Gefahren, die uns allen in Zukunft drohen, und zwar
wirklich uns allen, egal, ob wir arm oder reich sind, welche

Sprache wir sprechen und welche Hautfarbe wir haben, Gefahren
sind tatsächlich basisdemokratisch – die größten Gefahren, die
uns allen in Zukunft drohen, sind die Klimaveränderungen, die
Sauerstoffverknappung durch kontinuierliche Regenwaldver-
nichtung und das Zur-Neige-Gehen von Trinkwasser, fruchtba-
rem Mutterboden und fossilen Brennstoffen. Wer das heute
immer noch nicht kapiert hat, der begreift einfach nicht, daß
aller angehäufter Wohlstand ihm nichts nutzt, wenn die Natur
anfängt, wie ein in die Enge getriebenes Tier verrückt zu spielen.
Das Hochwasser wird jedes Jahr höher, Wirbelstürme ziehen
immer weiter landeinwärts, Wetterkapriolen wie El Niño, Sturm-
fluten, Regenmassen und Erdbeben werden immer häufiger und
bedrohlicher. Auf dem Gipfel des menschlichen Fortschrittes
werden wir genau wie auf dem Gipfel eines Himalayamassivs
nicht mehr ohne Sauerstoffmaske atmen können. Ohne Ozonschicht wird die Sonne unsere Haut verbrennen, so daß wir alle
lernen müssen, das Sonnenlicht zu meiden, als wären wir
Vampire. Die Meere werden immer schmutziger, so daß wir bald
außer Mutationen nichts mehr daraus werden fischen können.
Der Begriff »Ölpest« ist ein Wort, das erst im zwanzigsten Jahrhundert entstanden ist, weil der Mensch vorher noch gar nicht in
der Lage war, eine Ölpest zu verursachen, und wie begeistert hat
er von dieser neu erlernten Fähigkeit wieder und wieder Ge-
brauch gemacht! Was ist mit dem Baikal- und dem Aralsee?
Was geht dort vor? Was für eine Welt wird dies? Wird man
Hieronymus Bosch in ein, zwei Jahrhunderten zu den Realisten
zählen?
Fragen Sie die großen Rückversicherungsgesellschaften.
Ausgerechnet die Konservativsten sind nämlich die ersten, die
vehement Alarm schlagen. Und was wird getan? Wo sind die
Reformen, die angestrengt werden, um dem ökologischen Raub-
bau an unser aller Mutter Einhalt zu gebieten? Alle paar Jahre
gibt es eine Klimakonferenz, auf der die reichen Staaten sich
schulterklopfend darüber verständigen, den Schadstoffausstoß
um ein paar Promillepunkte zu senken und ansonsten alles beim
Alten zu belassen, weil alles ganz wunderbar läuft. Warum soll-

ten wir uns auch einen Kopf darum machen, in welchem Zustand wir den Planeten den nachfolgenden Generationen übergeben? Wir selber werden's ja zu unseren Lebzeiten sowieso nicht mehr mitbekommen, und was danach kommt, interessiert uns nicht. Ganz große Klasse. Diese Leute nennen sich Volksvertreter. Staubsaugervertreter verkaufen Staubsauger. Volksvertreter verkaufen das Volk.

Nächster Punkt. Ich formuliere jetzt ins Unreine, in meinem Manifest werde ich das alles sorgfältig ausarbeiten und auch auf die Querverbindungen zwischen den Themen deutlicher eingehen. Nächster Punkt, ausgehend vom Umgang mit der Natur: der Umgang mit Tieren. Der Wahnsinn des täglichen und unbegrenzten Fleischkonsums.

Ich halte Vegetarismus zwar für eine ehrenwerte Attitüde, aber für eine unnatürliche Ernährungsweise. Der Mensch tendiert leider dazu, in seinem missionarischen Eifer übers Ziel hinauszuschießen. Hätte die Evolution gewollt, daß wir alle Pflanzenfresser sind, hätte sie uns mehrere Mägen gegeben wie den Wiederkäuern und kein Gebiß mit verräterischen rudimentären Eckzähnen. Aber mindestens ebenso unnatürlich wie Vegetarismus ist der tägliche Fleischkonsum, der sich in unseren Breitengraden mittlerweile als Selbstverständlichkeit etabliert hat. Wäre der Mensch immer noch darauf angewiesen, sich sein Fleisch selbst zu erjagen, könnte er nie und nimmer täglich Fleisch essen. Deshalb plädiere ich für eine Reduzierung des Fleischkonsums, die ganz einfach dadurch erreichbar wäre, daß Fleisch deutlich teurer wird als pflanzliche Lebensmittel, so daß sich ein Haushalt mit durchschnittlichem Einkommen eben nur noch ein- oder zweimal in der Woche Fleisch leisten kann.

Fleisch als Luxus-Nahrungsmittel würde auf einen Streich drei positive Auswirkungen haben. Erstens: Die unmenschliche Massentierhaltung könnte entweder vollkommen abgeschafft, oder zumindest deutlich reduziert werden. Zweitens: Die Ernährung würde ausgewogener und abwechslungsreicher und etliche Verfettungs- und Verdauungskrankheiten würden wahrscheinlich ganz von selbst verschwinden. Und drittens: Durch die

Reduzierung des Angebotes an frei verfügbarem Tierfleisch
würde ein gesunder Respekt vor dem getöteten und verspeisten
Lebewesen gefördert werden, ein Respekt, den Naturvölker noch
praktizieren, den wir aber schon längst vergessen haben.
Abgepacktes Supermarktfleisch ist entwürdigend, sowohl für das
Tier als auch für den Käufer. Wir brauchen unbedingt wieder
mehr Bewußtsein für solche Themen, sonst werden wir immer
mehr zu Maschinen, und halten alles andere für verfügbar.
Nächster Punkt. Dasselbe Thema: Unser Irrtum, Tiere als jederzeit frei verfügbares Material zu betrachten. Jeder, der der
Meinung ist, ein Medikament oder eine Kosmetik unbedingt zu
brauchen, soll dieses Produkt gefälligst am eigenen Leibe
testen. Tierversuche sind neben Konzentrationslagern die
abscheulichste aller menschlichen Verirrungen, Zeugnis einer
Überheblichkeit, die eigentlich schon Ausdruck von komplettem
Irrsinn ist. Natürlich klingt es radikal, von einem Kranken zu
verlangen, ungetestete Medikamente einzunehmen, aber wenn
ich wirklich so starke Schmerzen habe, daß ich es nicht mehr
aushalte, oder wenn ich sowieso im Sterben liege und nichts
mehr zu verlieren habe, dann kann ich mich auch gleich dafür
entscheiden, das Risiko einzugehen. Wenn die Schmerzen nicht
so stark sind, daß sie unerträglich werden, dann brauche ich das
Medikament nicht. Welches Recht habe ich, für mein Wohlbe-
finden Tiere auf das Bestialischste foltern zu lassen? Keins.
Wir haben kein Recht dazu. Tierversuche beweisen, daß wir
Menschen keine Ethik haben, und dabei sind wir doch gerade so
stolz darauf, daß eine Ethik angeblich das ist, was uns von den
Tieren unterscheidet und uns über sie erhebt. Wenn die Medizin
nicht so eine skrupellose Geschäftemacherei wäre, könnten wir
auf neunzig Prozent aller Tierversuche sowieso augenblicklich
verzichten, ohne daß uns irgendein Schaden entstünde. Wir
brauchen keine zehn miteinander im Wettbewerb konkurrieren-
den Kopfschmerzpräparate. Wenn ein einziges davon wirksam
ist, sollen halt alle Patienten dieses eine nehmen. Alles weitere
ist mit dem Blut unschuldiger Lebewesen getränkte Beutel-
schneiderei. Auf Kosmetik möchte ich gar nicht weiter eingehen.

Wenn wir Menschen nicht irgendwann die Fähigkeit entwickeln, in Würde zu altern, ist uns ohnehin nicht zu helfen. Und klassisches Make-up ließ sich schon im alten Ägypten aus Naturstoffen herstellen. Das muß man nicht vorher festgeschnallten Kaninchen in die aufgeklemmten Augen reiben. Wenn jedes unter Tierversuchen hergestellte Kosmetikprodukt die gesetzliche Auflage erhielte, auf der Packung die zur Herstellung durchgeführten Tierversuche in Farbfotos abzubilden, würde sich der Markt von Angebot und Nachfrage ganz schnell in Richtung Naturprodukte entwickeln. Man bräuchte gar nichts zu verbieten. Mit dem Thunfisch und den Treibnetzen hat das ja auch geklappt.

Psychologe:
Also gestehen Sie dem einfachen Konsumenten – dem ganz normalen Menschen also – durchaus eine Ethik zu.

Zwaifel:
Einen wahrscheinlich ursprünglichen ethischen Instinkt, ja. Aber meistens wird dieser Instinkt leider durch die viel bequemere »Wir haben von nichts gewußt« –Haltung überlagert, und »Wir haben von nichts gewußt« ist heutzutage meiner Meinung nach kein stichhaltiges Argument mehr. Abgesehen von blinden, taubstummen Analphabeten ist heute niemand mehr entschuldigt, sich nicht genau darüber informieren zu können, was in Tierversuchslabors oder bei der Massentierhaltung oder mit dem klimatischen Gleichgewicht wirklich vor sich geht.

Ermittler:
Ich verliere jetzt den Faden. Was hat denn das alles noch mit der Ermordung des Kanzlers zu tun?

Zwaifel:
Die Trägheit der Masse, erinnern Sie sich noch? Wir sprachen
vorhin darüber. Die Couch-Potato-Mentalität der Leute ist der
Anfang allen Übels. Wenn erst ein Schuß gellen muß, um die
Menschen hochzuschrecken,ist das verdammt traurig.
Nächster Punkt. Ausgehend davon, daß Bequemlichkeit ein Übel
ist: Die Fixierung auf das individuelle Automobil muß durch loh-
nende alternative Angebote durchbrochen werden. Der öffentli-
che Personennahverkehr müßte viel attraktiver und deshalb
wohl staatlich gesponsort werden, um die Ticketpreise deutlich
zu senken. Es grenzt doch an Absurdität, daß mitten in einer
Großstadt fast jeder Erwachsene eine Tonne Stahl – oder wieviel
ein Auto eben wiegt – bewegt, nur um sich selbst durch die
Gegend zu kutschieren, und daß dabei wertvolle Brennstoffe in
Abgase umgewandelt werden.
Grenzenloser Individualverkehr ist falsch verstandene persönliche Freiheit auf Kosten der Gesundheit aller, besonders der
Kinder. Statt sich Gedanken darüber zu machen, wie gefährlich
das Fernsehen und Computerspiele für Kinderseelen sind, sollte
man sich lieber mal klarmachen, wieviele Kinder jedes Jahr von
Autos totgefahren werden oder mitsamt ihren Eltern in Unfall-
wracks aus Blech und Chrom verbrennen. Für mich war es nie
verwunderlich, daß die deutschen Autobahnen ausgerechnet von
Adolf Hitler in Auftrag gegeben wurden. Keine andere Erfindung
kostet auch ein dreiviertel Jahrhundert später immer noch Jahr
für Jahr hunderten von unschuldigen Menschen das Leben und
ist somit eindeutig die Fortführung des Krieges mit anderen
Mitteln.
Wie man die Problematik des allgegenwärtigen Blechkultes voll-
ends in den Griff kriegen kann, weiß ich leider auch nicht. Die
öffentlichen Verkehrsmittel müssen preiswerter und komfortab-
ler und ihre Netze besser ausgebaut werden, vor allem nachts.
Fahrgemeinschaften könnten steuerlich bevorteilt werden.
Arbeitsplatz-Ticketmarken wären vielleicht auch eine Idee, um
den Berufsverkehr zu entlasten. Insgesamt kann man auch bei
diesem Thema die Vernunft der Menschen wahrscheinlich wieder

nur über ihren Geldbeutel erreichen, entweder mit Zuckerbrot oder Peitsche, aber ich will die Hoffnung ja nicht aufgeben, daß da noch eine Vernunft ist, und daß man sie überhaupt irgendwie erreichen kann.

Nächster Punkt. Ausgehend von der Vernunft, das heißt den fundamental sinnvollen Regeln des Zusammenlebens in einer Gesellschaft: Unser Justizsystem ist unvollkommen, denn es ist zu sehr um verschiedenste Varianten der Bestrafung herumgebaut und räumt der Vergebung keinen Platz ein. Dabei ist Vergebung doch eine viel höhere zwischenmenschliche Entwicklungsstufe als Vergeltung. Die Öffentlichkeit hat immer Verständnis, wenn das Opfer eines Verbrechens sagt: »Der Täter muß dafür bezahlen.« Die Öffentlichkeit wird in dem Glauben ermutigt, daß Sühne Schäden wieder gut macht. Aber das ist natürlich Augenwischerei. Kein Mordopfer ist jemals wieder lebendig geworden, kein Vergewaltigungsopfer hat jemals die psychischen Folgeschäden überwunden allein dadurch, daß der Täter gefaßt und zur Rechenschaft gezogen wurde. Eigentlich ist die einzige Art und Weise, mit einem Unrecht wirklich und langfristig fertigzuwerden die, mit diesem Unrecht inneren Frieden zu schließen. Aber unser Justizsystem sieht gar keinen Frieden vor. Unser Justizsystem ist strikt alttestamentarisch – Auge um Auge, Zahn um Zahn –, als hätte es die frohe Botschaft des Neuen Testaments niemals gegeben. Es ist seltsam, daß dies nur Atheisten wie mir aufzufallen scheint, während die sich doch immer noch christlich nennende Gesellschaft, in der sich als christlich bezeichnende Parteien so lange Zeit das Zepter geführt haben, keinerlei Gedanken daran verschwendet, sondern fortfährt in ihrem Trachten nach dem ultimativen Vergeltungsschlag. Wenn ein Bestohlener die menschliche Größe besäße, einem Dieb im Gerichtssaal zu verzeihen und die Strafanzeige zurückzuziehen, würde er nur Unverständnis und juristische Scherereien ernten. Ich finde, daß dies ein falscher und sogar fataler Weg ist, eine Zivilisation zu erziehen. Was fehlt, ist ein effektives Belohnungssystem für Vergebung und Gnade. Zum Beispiel, daß die Strafe eines Täters, dem das Opfer verziehen

hat, milder ausfällt, und der Täter sich im Ausgleich dafür verpflichtet, dem Opfer Wiedergutmachung zu leisten, mindestens
in finanziellem Sinne. Ich habe nie daran geglaubt, daß die Gesellschaft dadurch besser wird, daß sie ihre schwarzen Schafe
wegsperrt. In vielen Fällen mag es dazu keine gangbare Alternative geben, gut, Idealismus ist eben nicht immer praktikabel.
Aber es gibt gewiß Fälle, in denen Alternativen sich von ganz
alleine anbieten würden, wenn die Gesetze sie nur zulassen
würden. Gesetze sollten den Menschen dienen, nicht die Menschen den Gesetzen. Das ist meine Meinung.

Ermittler:
Wir sind aber leider nun mal alle bestimmten Gesetzen unter-
worfen, deshalb müssen wir jetzt hier Schluß machen, aus
Zeitgründen.

Der Ermittler nickt dem Psychologen zu und erhebt sich, hält
aber mitten in der Bewegung inne. Sein Gesichtsausdruck ist
irritiert, seine Körperhaltung halb gebückt, halb aufrecht.

Ermittler:
Habe ich das gerade richtig verstanden? Sie träumen davon, daß
die Witwe des Bundeskanzlers Ihnen verzeiht, und daß Sie in ein
paar Monaten als freier Mann hier herausspazieren können?

Zwaifel:
Das ist doch Unsinn. Falls mein Manifest jemals greifen sollte,
wird es erst in etlichen Jahrzehnten greifen. Ich glaube nicht,
daß meine Lebensspanne der Langsamkeit gesamtgesellschaft-
licher Umbruchprozesse ebenbürtig ist.

Psychologe:
Manchmal verändern Gesellschaften sich rasend schnell. Die
Berliner Mauer ist gefallen, die Sowjetunion hörte auf zu existie-

ren, ebenso die Apartheid. All dies innerhalb weniger Jahre. Das
könnte Ihnen doch Hoffnung geben.

Zwaifel:
Solange ich noch Hoffnung hatte, habe ich stillgehalten. Erst als
alle Hoffnung aufgebraucht war, griff ich zur Waffe.

Psychologe:
Aber ohne Hoffnung ergibt doch Ihr Handeln keinen Sinn. Und
das Verfassen eines Manifestes erst recht nicht. Sie wollen doch
etwas erreichen, bewirken, bewegen.
Also hoffen Sie, daß sich etwas bewegen läßt.

Langsam, fast unmerklich, setzt sich der Ermittler wieder hin.

Zwaifel:
Oh nein. Ich weiß, daß die Dinge sich bewegen werden. Das ver-
suche ich Ihnen schon das ganze Gespräch über klarzumachen.
Die Dinge werden sich auf jeden Fall bewegen, und zwar zum
Schlechten. Und wenn Sie es Hoffnung nennen wollen, daß die
Menschen, kurz bevor sie sich und ihre Umwelt vollständig er-
drosselt haben, doch noch einlenken und sich ein kleines biß-
chen besinnen, dann ist das eine zu traurige und bescheidene
Definition des Wortes Hoffnung, um von mir akzeptiert zu werden.

Psychologe:
Sie haben vorhin von der »frohen Botschaft des Neuen Testa-
ments« gesprochen, so als wären Sie doch irgendwo tief in
Ihrem Inneren religiös.

Zwaifel:

Nein. Das »Frohe« an der »Botschaft« des Neuen Testaments ist
für mich die Erfindung der Nächstenliebe und der Selbstlosig-
keit. Das ist kein religiöses Thema, sondern ein soziales. Oder –
wenn man so will – auch wieder ein politisches. Das Alte
Testament war ein Buch, das von Königen handelte. Das Neue
Testament handelt vom ganz einfachen Menschen, von uns allen.

Ermittler:

Und von Jesus. Und Sie möchten auch gerne so ein kleiner
Jesus sein. Einer, der auf dem Wasser wandeln kann und mit
seinen Reden das Volk beeindruckt.

Zwaifel:

Ich habe mich nach Kain benannt, nicht nach Jesus. Ich weiß, wo
meine Grenzen liegen. Ich kann nicht auf Wasser wandeln. Ich
bin nicht einmal ein besonders guter Schwimmer.

Psychologe:

Aber Sie halten sich durchaus für so eine Art Propheten. Sie
denken bereits über Lösungen nach von Problemen, die von den
meisten Leuten gar nicht als Probleme wahrgenommen werden,
vielleicht deshalb nicht wahrgenommen werden, weil sie – so
wie die Theorie von der Klimakatastrophe – nur auf Annahmen
beruhen, die wissenschaftlich auch durchaus widerlegt werden
können. Sie jedoch definieren diese Probleme als beträchtlich.
Sie sehen sich im Alleinbesitz der richtigen Antworten. Sie sind
bereit, den Widerstand, den die – wie Sie es nannten – »Trägheit
der Masse« bedeutet, dadurch zu überwinden, daß Sie Blut vergießen. Das Blut von einem, der nicht Ihren Glauben hatte. Das
ist Fanatismus. Fundamentalismus, der sich als Nächstenliebe
maskiert hat. War das nicht genau das, was Sie am NATO-Ein-
satz im Kosovo so verabscheuenswert fanden?

Zwaifel:
Ich kann das nicht bestreiten. Wie könnte ich das bestreiten?
Schließlich klebt Blut an meinen Händen. Letzten Endes gehöre
ich wahrscheinlich ebenfalls zu den Schrecknissen, die durch
Reformen bekämpft werden müßten. Man müßte jemanden wie
mich vollkommen überflüssig machen. Aber so lange ich noch
eine Funktion erfülle ist überhaupt nichts gewonnen.

Die Tür öffnet sich, der Agent tritt ein. Der Agent ist deutlich jün-
ger als der Ermittler, aber ebenso deutlich älter als Zwaifel und
der Psychologe. Er arbeitet je nach Sachlage sowohl für den
Verfassungsschutz als auch für den Bundesnachrichtendienst,
und seine tatsächliche Position innerhalb der Hierarchien ist ein
gut gehütetes Geheimnis.
Ähnlich wie der Ermittler ist auch der Agent korrekt und förmlich
gekleidet.
Die Tür wird hinter ihm wieder von außen geschlossen.
Er würdigt Zwaifel keines Blickes, sondern geht direkt auf den
Ermittler zu.

Agent:
Darf ich Sie mal fragen, wie lange Sie uns das noch zumuten
wollen?

Ermittler:
Ich weiß, das hat sich ein wenig in die Länge gezogen …

Agent:
Ein wenig ist gut. Sie geben diesem Kerl Gelegenheit, sich dar-
zustellen und zu spreizen, daß es uns da draußen die Tränen in
die Augen treibt. Machen Sie jetzt endlich Schluß. Der Mann hat
gestanden, ab jetzt ist es ein Fall für die Staatsanwaltschaft.

Ermittler:

Diese Untersuchung wird von mir geleitet und das bedeutet, daß
ich sie so durchführe, wie ich das für richtig halte.

Agent:

Sie können nur Vorgänge leiten, die ich Ihnen erlaube zu leiten,
und ich erlaube Ihnen jetzt, dieses ehrerbietige Interview, das
Sie wohl ein Verhör nennen, zu beenden. Wir haben alles, was
wir wissen wollten.

Ermittler:

Ich werde mich mit Ihnen nicht wegen irgendwelcher Kompe-
tenzen herumstreiten.
Wir sind hier noch nicht ganz fertig, also verlassen Sie bitte
sofort diesen Raum. Sie greifen in die Untersuchung ein und
verfälschen das Ergebnis. Das wird sich nicht gut in Ihren Akten
machen, egal, für wie viele Geheimdienste Sie gleichzeitig
arbeiten.

Agent:

Wir haben alles, was wir wissen wollten.

Ermittler:

Aber wir haben nicht alles, was wir wissen können. Es hat ja
wohl keinen Sinn, das jetzt hier vor dem Verhörten zu erörtern.

Agent:

Dieses ganze Gelaber hat doch keinen Sinn! Wieviele schwach-
sinnige Theorien und Thesen über den angeblichen Zustand der
Welt und die angeblich kinderleichten Lösungen für alle Probleme wollen Sie sich denn hier noch anhören? Der Mann ist ein

Füllhorn voll mit moralinsauren Zeigefingern, aus allen erdenklichen Ideologien zusammengeklaubt und möglichst populistisch aufbereitet. Ich habe die Schnauze voll von diesem Scheiß. Wir geben so jemandem nicht auch noch ein Forum.

Ermittler:
Das ist doch kein Forum hier! Nichts von dem, was hier gesagt wird, geht nach draußen, es sei denn, einer Ihrer Leute baut wieder Mist! Ich habe aber zufällig eine etwas delikatere Aufgabe hier, als einfach nur ein Geständnis aus ihm rauszuholen. Wenn es nur darum gegangen wäre, hätten wir schon nach fünf Minuten Schluß machen können.

Agent:
Ja, genau so ist es. Also was soll der ganze Scheiß?

Ermittler:
Ich kann es Ihnen draußen erklären. Es hat keinen Sinn, das hier drinnen zu erläutern.

Agent:
Ich bestehe aber darauf. Ich werde nämlich einen Bericht über das hier weiterleiten. Sie können gerne vor die Tür gehen, wenn Sie das unbedingt möchten, aber gehen Sie alleine, schließen Sie die Tür hinter sich und kommen Sie nicht wieder rein.

Ermittler:
Ich werde nicht zulassen, daß der Verhörte mißhandelt wird.

Agent:
Darum geht's doch gar nicht. Außerdem würde mir da ja auch
der Psychologe mannhaft in den Arm fallen, ist doch so, nicht
wahr, Herr Doktor?

| 105 |

Der Agent nimmt sich einen Stuhl und setzt sich so hin, daß die
vier Personen jetzt auf die vier Seiten des Tisches verteilt sind,
der Agent Zwaifel genau gegenüber.

Agent:
Nennen Sie mir einen einzigen Grund, weshalb der Scheiß hier
drinnen so lange dauert, und ich bin mucksmäuschenstill und
brav und höre weiter zu.

Der Ermittler ringt sichtlich mit sich. Die Pause, die jetzt
entsteht, ist ziemlich lang und für alle Anwesenden körperlich
unangenehm.

Ermittler:
Ich will möglichst ... möglichst alles wissen, was er denkt.

Agent:
Wozu? Wir haben ihn, er wird nicht noch einmal Schaden an-
richten.

Ermittler:
Wir haben drei Bekennerschreiben erhalten, nachdem der Tod
des Kanzlers publik wurde. Drei Schreiben von drei Gruppierungen, von denen wir noch nie etwas gehört haben. Ich will wissen,
ob es diese Gruppierungen geben kann.

Agent:
Er bestreitet doch andauernd, etwas mit denen zu tun zu haben!

Ermittler:
Das ist nicht der Punkt. Ich will wissen, was er denkt. Wie er
denkt. Was jemanden in die Lage versetzt, sich heutzutage in
diesem Land als »Terrorist« zu bezeichnen. Je länger ich ihm
zuhöre, je mehr ich erfahre über seine Theorien, seine Paranoia,
seine Vorstellungen, seine Ziele, desto klarer wird mein Bild von
dem, was dort draußen vor sich geht. Wir können ihn benutzen,
um uns in die Gehirne von Radikalen zu versetzen. Wir können
ihn sogar benutzen, um uns in die Gehirne von Menschen zu versetzen, die eigentlich gar nicht radikal sind, sondern einfach nur
unzufrieden – so lange unzufrieden, bis sie eines Tages schein-
bar übergangslos etwas völlig Radikales tun. Wir können Zwaifel
benutzen, weil er immerhin in der Lage ist, seine Gedanken
zusammenhängend zu formulieren. Er kann uns helfen, denn er
wünscht sich nichts sehnlicher, als hilfreich zu sein.

Agent:
Ich verstehe. Das ist nicht dumm. Aber Sie sehen doch sicher
ein, daß wir für Tiefenanalysen im Moment nicht die Zeit haben.
Die Presse hat Dringlichkeitsstufe »Null« für alle Neuigkeiten
erklärt, die den Täter und die Tat betreffen. Dringlichkeitsstufe
»Null« ist eigens zu diesem Anlaß erfunden worden. Je länger
wir hier herumsitzen, desto höher schäumt dort draußen die
Gerüchteküche. Wir müssen die Beweisaufnahme unter Dach
und Fach bringen, so schnell wie möglich, sonst entsteht der
Eindruck, daß wir die ganze Sache nicht im Griff haben oder daß
eventuell irgendwas verschleiert werden soll.

Ermittler:
Aber wichtige Anhaltspunkte werden uns verlorengehen. Was ist,

wenn die anderen Radikalen den Zeitpunkt der Konfusion
nutzen, um ebenfalls loszuschlagen?

Agent:

Welche Konfusion denn? Die Erschießung des Kanzlers hat doch
keinen verwirrenden Effekt – im Gegenteil. Endlich werden die
Fronten wieder klar, endlich sind die Politiker wieder auf der
Opfer- und nicht mehr auf der Täterseite. Das ist doch so ziemlich das beste, was nach dieser extrem unerfreulichen Spenden-
sache überhaupt passieren konnte. Die Sympathiewerte für
Politiker werden wieder steigen. Es wird keine Konfusion geben,
sondern so schnell wie möglich einen fähigen Amtsnachfolger,
der mit weitreichender Unterstützung auch des Volkes rechnen
kann.

Zwaifel:
Vielen Dank, daß Sie den Wert meiner Tat anerkennen.

Agent:
Ach, halten Sie die Schnauze! Wenn Sie niemand etwas fragt,
halten Sie gefälligst die Schnauze, ist das klar?

Ermittler:
Dieses Attentat kann so interpretiert werden, daß alle Politiker
jetzt zum Abschuß freigegeben sind! Hier ist eine Grenze nieder-
gerissen worden, die bislang in der Nachkriegsrepublik immer
Bestand hatte. Wir hatten bislang in diesem Land keine
Ermordung eines Staatsoberhauptes. Wir wissen nicht, was jetzt
passieren kann, und deshalb müssen wir so viel wie möglich
lernen!

Agent:
Hören Sie. Dieser Mann hier wird nirgendwo mehr hingehen. Der kommt von hier aus in eine nette kleine Zelle und dort wird er bleiben für den Rest seines Lebens. Es bleibt Ihnen unbenommen, sich einen Besucherausweis ausstellen zu lassen und jeden Tag nach Feierabend stundenlang seinen Ausführungen zu lauschen. In ein paar Monaten sind Sie sowieso Rentner, dann können Sie mit Ihrer Freizeit tun und lassen, was Ihnen vorschwebt, und wenn Sie Ihre Freizeit in den Dienst des Staates stellen wollen, seien Sie mir willkommen. Aber der offizielle Teil der Ermittlung muß jetzt endlich abgeschlossen werden, damit die Presse uns nicht aus dem Ruder läuft.

Ermittler:
Wenn wir das Ergebnis zu schnell vorlegen, wird die Presse erst recht über uns herfallen. Normalerweise gesteht niemand so ohne Weiteres eine solche Tat, ohne daß nicht zumindest sein Anwalt auf Unzurechnungsfähigkeit plädiert. Niemand kauft uns sowas ab. Die werden das alles für manipuliert halten.

Agent:
Tun Sie mir einen Gefallen und zerbrechen Sie sich nicht meinen Kopf. Für die Öffentlichkeitsarbeit bin ich zuständig.

Der Agent erhebt sich, bleibt aber noch am Platz stehen.

Agent:
Außerdem bin ich der Meinung, daß Sie den guten Kain Zwaifel ganz furchtbar überschätzen. Ich glaube nicht, daß er uns jetzt noch etwas sagen kann, das für uns von Nutzen sein könnte.

Ermittler:
Seine Theorien sind zumindest interessant.

Agent:
Seine Theorien sind nichts weiter als zusammengeschusterte
Kleinkinderscheiße. »Krieg ist blöde und die Reichen sind doof«.
Wie überaus originell! Ich kann Sie mal mit meinem Neffen
zusammenbringen, der ist acht Jahre alt und hat ebenso ausge-
reifte Ideen.

Zwaifel:
Widerlegen Sie mich doch.

Agent:
Ich könnte Sie widerlegen ohne Ende, wenn ich nur die Zeit dafür
hätte.

Zwaifel:
Das könnten Sie nicht. Nicht, wenn Sie mir Gelegenheit geben,
mich zu Ihren Einsprüchen zu äußern.

Agent:
Ach, das ist doch alles Schwachsinn. Ich werde mich nicht darauf
einlassen, mit einem Mörder hier herumzudiskutieren.

Zwaifel:
Weil es nicht Ihr Job ist. Weil Sie dafür nicht bezahlt werden. Sie
sind von uns vieren der Erbärmlichste. Der Ermittler macht sich
wenigstens ehrliche Sorgen um das Land, in dem wir leben,
genau wie ich mir auch Sorgen gemacht habe. Der Psychologe
macht sich Sorgen um meinen Geisteszustand und darum, ob ich

selbstmordgefährdet bin oder nicht. Wahrscheinlich ist er Psychologe geworden, weil er Menschen helfen will, die in geistige Zerrüttung geraten sind. Aber Sie, Sie haben keine Augen, keine Ohren und kein Gehirn. Sie sind nur ein Roboter. Das unwesentlich verbesserte Modell eines Discotheken-Türstehers.

Der Agent setzt sich bedrohlich langsam wieder hin.

Agent:
Das ist Ihr Weltbild, nicht wahr? Schwarz und weiß. Die entrechteten ehrlichen Proletarier auf der einen Seite, und die finsteren Vertreter der grausamen Staatsmacht auf der anderen. Für Sie ist schon längst Bürgerkrieg, das Land ein Schlachtfeld. Der Kanzler der schwarze König, Sie selbst ein weißer Läufer oder Springer, der den schwarzen König schlägt. Aber so einfach funktioniert das nicht. Ihre Theorien sind ein Witz, Kain Zwaifel. Ihr Weltbild ist ein Zerrbild. Sie selbst sind ein Niemand, und selbst wenn Sie den Papst erschießen, werden Sie immer noch ein Niemand bleiben, und das wurmt Sie so sehr, daß Sie sich nicht mehr anders zu helfen wissen, als die Schuld bei allen anderen zu suchen.

Zwaifel:
Dann demonstrieren Sie mir, was für ein Niemand ich bin. Widerlegen Sie doch einfach meine Thesen.

Agent:
Ihre Thesen! Daß ich nicht lache! Sie nennen diesen verquasten Haufen von Verschwörungstheorien »Thesen«? Ich bitte Sie! Wir im Kontrollraum haben uns gewundert, warum der Ermittler und der Psychologe nicht andauernd in schallendes Gelächter ausbrechen. Wie war das nochmal? »Wir müssen die Politik vom

Geld trennen.« Und wer, bitteschön, entscheidet dann über Gelder? Die politische Praxis besteht nun einmal zu über fünfzig Prozent aus der Zuteilung von Geldmitteln. Das allein ist auch schon Politik. Soll eine Handvoll Bettelmönche in Zukunft dafür zuständig sein, Etats und Budgets festzuschreiben? Das ist doch lächerlich, das würde sogar der Dalai Lama weit von sich weisen, der nur deshalb als Politiker glaubwürdig ist, weil er einen symbolischen Fundamentalismus vertritt und mit effektiver Realpolitik nichts zu schaffen hat. In der Bundesrepublik Deutschland herrschen andere Strukturen und Anforderungen als im werten Tibet, also ist es vollkommen hirnrissig, das eine ins andere übertragen zu wollen.

Als nächstes kam dann dieser Unsinn mit der Auflösung der etablierten Parteien. Wie, bitteschön, soll das denn vonstatten gehen? Wer regiert in der Zwischenzeit, und in welchen Koalitionen und Mehrheitsverhältnissen? Welche politische Macht soll überhaupt dafür zuständig sein, den Prozeß der Auflösung und Neugründung zu überwachen und zu koordinieren? Was hat das alles noch mit Demokratie zu tun, wenn plötzlich von irgendwem beschlossen wird, die Parteien aufzulösen? Ist es das, was das Volk will? Ganz bestimmt nicht, denn die meisten Wähler sind immer noch Traditionswähler. Unser politisches System funktioniert so, wie es ist, ganz hervorragend, das hat die Aufklärung und Bewältigung der Parteispendenaffäre deutlich gezeigt. Dinge kommen ans Licht, Sachverhalte werden verhandelt, Konsequenzen werden gezogen. Aus Fehlern wird gelernt. Das ist lebendige Demokratie. Reale Demokratie, eine repräsentative Parteiendemokratie, kein esoterisch verbrämter Pseudosozialismus, wie er Ihnen vorschwebt. Wenn Sie wirklich auch nur einen Bruchteil so demokratisch wären, wie Sie die ganze Zeit über behaupten, dann hätten Sie versucht, das System mit den Mitteln des Systems zu reformieren, zum Beispiel indem Sie sich politisch engagieren und beginnend mit der Lokalpolitik gesellschaftliche Verantwortung übernehmen. Aber stattdessen stellen Sie sich außerhalb der Gesetze, und über den Staat, und spielen Richter und Henker in einer Person. Weil ich ein Demokrat bin und an die Verfassung und das Grundgesetz glaube, erachte ich es als meine Aufgabe, das Land vor solchen Amokläufern wie Ihnen zu schützen.

Zwaifel:
Sie schützen das System nur deshalb, weil Sie keinen Sold mehr bekommen, wenn das System zusammenbricht.

Agent:
Selbst wenn das so wäre – wenn das System zusammenbricht, erhalte nicht nur ich keinen »Sold« mehr, sondern dann erhält überhaupt kein anständiger und rechtschaffener Bürger mehr seinen gerechten Lohn. Ein Grund mehr, dafür und nicht dagegen zu kämpfen. Wer hat Sie denn überhaupt daran gehindert, einen vernünftigen Beruf zu ergreifen, der eine lohnende Perspektive beinhaltet? Sie haben Abitur, haben studiert, sie hatten doch alle Chancen. Aber an irgend etwas hat's gefehlt. Zu mehr als zum Niedriglohnarbeiter und Möchtegernschreiberling hat's nie gereicht. Ich habe schon genug von Euch Existenzialisten, Lebenskünstlern und ewigen Studenten kommen und gehen sehen, um noch irgendwelche Ausreden gelten zu lassen. Leute wie Sie sind einfach zu faul und zu träge, um langfristigen Lebensplanungen gewachsen zu sein. Und ausgerechnet so jemand kommt dann daher und will einen Ewigkeitsplan für den gesamten Planeten verkünden! Schön, wenn man sich mit solchen fixen Ideen die Zeit vertreiben kann. Vielleicht noch einen bewußtseinserweiternden Joint in der einen Hand und in der anderen eine niedliche Studentin, die alles kritiklos bewundert, was man so daherschwafelt. Wenn das dann alles nicht so ganz hinhaut mit der großen abendländischen Revolution ist da ja immer noch die Sozialhilfe und hält einen über Wasser.

Zwaifel:

Ich habe noch nie in meinem Leben Sozialhilfe bekommen.

Agent:

Wie heroisch. Da sind Sie so furchtbar stolz darauf, daß sie es bei jeder Gelegenheit wieder und wieder erwähnen. Da ist aber überhaupt nichts besonderes dabei. Ich zum Beispiel habe nämlich auch noch nie Sozialhilfe erhalten, und zwar deshalb nicht, weil ich mein ganzes Leben lang ehrlich gearbeitet habe.

Zwaifel:

Ich auch.

Agent:

Wenn Ihnen nicht gerade Ihr werter Herr Vater Ihr Studium finanziert hat.

Zwaifel:

Das ist doch wohl kein Verbrechen.

Agent:

Ein Verbrechen ist das, was Sie daraus gemacht haben. Sie predigen gegen die Privilegierten und stammen selber aus der gutbehüteten Mittelschicht. Sie haben es innerlich nicht verkraftet, aufgrund Ihrer eigenen Unzulänglichkeit sozial abgestiegen zu sein. Also retten Sie sich in die Vision von einer untergangsbedrohten Welt, so wie ein Schiffbrüchiger sich an eine Planke klammert. In Wirklichkeit sind Sie aber nichts anderes als ein Wohlstandsneurotiker. Sie sind so ein tragischer Fall, daß Sie mir fast leid tun könnten.

Zwaifel:

Ich habe so ... inständig versucht, Leuten wie Ihnen zu glauben,
daß es gut ist, sich zuallererst um sich selbst zu kümmern, weil
darüber hinaus ja alles in Ordnung ist. Weil das System sich
selbst reinigen kann. Weil das ökologische Gleichgewicht noch
im Lot ist. Weil wir immer klüger und besser werden, anstatt
immer verdorbener und zynischer. Ich habe dabei all meinen
Glauben aufgebraucht, und jetzt höre ich Sie leider nur noch
lügen. Wann immer Sie den Mund aufmachen. Sie belügen auch
sich selbst. Das müssen Sie wahrscheinlich. Sie müssen sich
zuerst selbst belügen, um danach die Kraft aufmustern zu können, den Rest der Welt ebenfalls zu belügen.

Agent:

Wer von uns erzählt denn hier andauernd Lügengeschichten? Ich
kann diesen Quatsch von der Klimakatastrophe wirklich nicht
mehr hören! Immer, wenn die Quecksilbersäule eines Thermo-
meters um ein paar Grad sinkt oder fällt, fangen all die Müsli-
fresser an zu greinen: »Das ist der Treibhauseffekt! Jetzt steigt
der Meeresspiegel wieder und die Folgen werden furchtbar
sein!« Mensch, früher gab es sogar Eiszeiten auf diesem Planeten, und niemand wäre auf die Idee gekommen, daß irgend
etwas aus dem Gleichgewicht geraten ist und wahrscheinlich
furzende Kühe oder Treibgase aus Deodorantdosen dafür verantwortlich sind. Was immer das Zeitalter der Dinosaurier beendet
hat, muß eine Katastrophe gewesen sein, neben der Hiroshima
und Nagasaki wie ein Pfennigschwärmer ausgesehen hätten.
Und kein Mensch war dafür verantwortlich! Das war die Natur
selbst, die große, heilige, paradiesische Natur, die von allen
Naivlingen so grenzenlos vergöttert wird. Dabei ist es die Natur
selbst, die uns mit Erdbeben und Springfluten heimsucht, und da
ist nichts Großartiges dabei, das ist der ganz normale Lauf der
Dinge. Das war schon immer so und das wird immer so bleiben,
und egal was wir kleinen Menschlein uns ausdenken, wir werden diesen großen blauen Globus nicht kaputtkriegen können, da

brauchen sich auch überspannte Wirrköpfe wie Sie gar keine Sorgen drum zu machen.

Übrigens: Falls Sie sich im letzten Jahrzehnt mal die Mühe gemacht hätten, den Kopf aus dem eigenen Arsch zu ziehen, hätten Sie in jeder gut informierten Zeitschrift nachlesen können, daß die Schadstoffemissionen, die durch Autos hervorgerufen werden, seit der Einführung des Drei-Wege-Kats überhaupt keine Rolle mehr spielen. Seitdem wir die ganzen beschissenen DDR-Heizungssysteme endlich ausgetauscht haben, ist die Luft in Deutschland sogar besser geworden! Die Dinge werden besser, und nicht schlimmer! Wenn ich dann aber höre, wie so ein ewiggestriger Öko-Fundi anhand von völlig veralteten Daten argumentiert, platzt mir wirklich der Kragen. Es gibt nichts Unverschämteres als die blasierte Selbstgerechtigkeit von Leuten, die tatsächliche Entwicklungen einfach ignorieren, nur weil sie ihnen nicht ins Schema passen.

Zwaifel:
Ich finde es immer wieder rührend, einem erwachsenen Menschen zu begegnen, der Statistiken vertraut. Das war so ziemlich das erste, was ich in meinem Publizistikstudium gelernt habe, daß man sehr genau darauf achten sollte, wer eine Statistik oder eine Umfrage in Auftrag gegeben hat und zu welchem Zweck.

Agent:
Sie halten mich wohl für total bescheuert. Sie denken wohl, Sie sind der Einzige hier, der etwas studiert hat. Ich weiß auch, daß Statistiken die Wahrheit verzerren können. Deshalb habe ich ja auch von »gut informierten« Zeitschriften gesprochen. Aber »gut informiert« ist wohl offensichtlich nicht Ihr Ding, während mein Beruf es nun einmal mit sich bringt, über so ziemlich alles ein kleines bißchen Bescheid zu wissen.
Wie war das noch gleich in Ihrem herzzerreißenden Plädoyer? Fleisch soll teurer werden? Großartige Idee. Dann wird ja wieder

eine Zwei-Klassen-Gesellschaft entstehen, nämlich auf der einen Seite diejenigen, die sich Fleisch leisten können, und auf der anderen Seite die finanziell weniger Gutgestellten. Ist das dann nicht genau das Gegenteil von dem, was Sie dauernd propagieren, nämlich Chancengleichheit, Transparenz und Befreiung von materiellen Ungleichgewichten? Schlagworte, die ihren Sinn und Gehalt verlieren, wenn Sie von jemandem im Munde geführt werden, der sich selbst dauernd widerspricht, nur weil er sich selbst so gerne reden hört. Keine Tierversuche mehr? Wie sollen dann die dringend benötigten Mittel gegen Krebs und AIDS gefunden werden? Oder sind Sie so sehr Darwinist, daß Sie auch Kindern, die durch eine Bluttransfusion mit dem Virus infiziert wurden, nicht das Recht zubilligen wollen, geheilt zu werden und leben zu dürfen? Erklären Sie mal einem kranken Kind, daß es jetzt Medikamente einnehmen muß, deren Folgewirkungen niemand kennt. Erklären Sie mal diesem Kind, daß es jetzt die Wahl hat zwischen Schmerzen und vielleicht noch viel mehr Schmerzen. Einige Ihrer Theorien sind ja nur gedankenlos, andere dagegen kann man nur als herzlos bezeichnen.

Zwaifel:
Herzlos für wen? Sind Sie schon mal in einem Tierversuchslabor gewesen?

Agent:
Nein. Sie etwa?

Zwaifel:
Nein, aber ich habe mir Material zuschicken lassen, fundierte Bücher über das Thema. Ich habe mich – um Ihre Worte zu zitieren – »gut informiert«.

Agent:
Diese Bücher können doch genauso gut Propaganda sein wie
meine Abgasstatistiken.

Merken Sie denn eigentlich gar nicht, daß Ihre Argumentationen
überhaupt nicht schlüssig sind? Man kann sie ganz leicht aus-
einandernehmen, wie einen Ballen Zuckerwatte. Oder hatte der
Kollege vom Fach etwa bislang den Eindruck, es mit jemandem
zu tun zu haben, den man als zurechnungsfähig bezeichnen
könnte?

Psychologe:
Ich ... hatte mich noch nicht festgelegt.

Agent:
Na, wenigstens einer hier, der sich noch nicht festgelegt hat. Wie
schlüssig finden Sie es eigentlich, Herr Keinzweifel, in Ihrem
Flugblatt noch den großen »naiven« Terrorismus in der Tradition
von Robin Hood zu versprechen und dann loszugehen und den
Sheriff von Nottingham einfach abzuknallen, eine Verhaltens-
weise, die nicht unbedingt zu Robin Hood gepaßt hätte? Wie
schlüssig ist es, auf der einen Seite Vergebung zu fordern selbst
für irreparable Straftäter, auf der anderen Seite aber nicht genügend Vergebung in sich selbst aufmustern zu können, um dem
Kanzler zu vergeben, für was auch immer er eigentlich
Schlimmes getan haben soll? Das ist keine zusammenhängende
und sinnstiftende Theorie und das ergibt auch kein zusammen-
hängendes und sinnstiftendes Manifest. Das ist einfach nur
populistisches Seifenblasengeblubber, denn populistisch ist so
ein Geschwafel über Weltfrieden und eine Heile-Heile-Gänschen-
Natur immer.

Zwaifel:
Vielleicht haben wir unterschiedliche Auffassungen vom Wort

»Populismus«. Ich dachte bislang immer, »Populismus«
bedeutet, dem Volk nach dem Maul zu reden und den Willen der
konservativen Mehrheit zu vertreten, so, wie Sie das tun.

Agent:
Wenn die Mehrheit konservativ ist, hat eben die Mehrheit das
Sagen. Wenn die Mehrheit anarchistisch wäre, hätten wir
Anarchie. Das ist das Wesen der Demokratie.
Das ist die Basisdemokratie, die Sie angeblich, aber nur in Ihren
Worten, so sehr verteidigen, während ich sie tatsächlich vertei-
dige.

Zwaifel:
Sie verteidigen ein korruptes System.

Agent:
Korruption ist gar nicht unbedingt systemschädlich, sondern
kann auch dafür sorgen, daß essentielle Abläufe reibungslos
vonstatten gehen. Haben Sie schon mal von »Transparency
International« gehört?

Zwaifel:
Nein.

Agent:
Gut informiert, wie ich sehe. Vom Akteneinsichtsrecht haben Sie
wahrscheinlich auch noch nie gehört. Aber egal. »Transparency
International« ist eine Bürgerinitiative, die den sogenannten
»internationalen allgemeinen Korruptionsindex« herausgibt. Die
Bundesrepublik Deutschland steht im Korruptions-Ranking auf
einem gesunden mittleren Rang, dort, wo auch Frankreich und

die USA liegen. Ein besseres Ergebnis zu verlangen wäre bei einem Land dieser Größe und Bedeutung reines Wunschdenken. Und Wunschdenken ist leider das, was Sie und Leute wie Sie im allgemeinen überwiegend betreiben. Das Wunschdenken, daß komplexe Sachverhalte sich ohne weiteres reformieren lassen. Das Wunschdenken, daß es möglich ist zu hobeln, ohne daß Späne fallen. Das Wunschdenken, daß man in Zukunft einfach weniger Autos produziert. Was ist mit den Arbeitsplätzen, die dadurch verlorengehen? Das Wunschdenken, daß die Sachverhalte wirklich so sesamstraßenmäßig einfach sind, als ob die unsauberen Geschäftspraktiken von ein paar wenigen Politikern schon ausreichen würden, ausnahmslos alle Politiker zu gewissenlosen Schweinehunden mutieren zu lassen. Schwarz und weiß. Alle Politiker sind schlecht. Alle Nicht-Politiker sind gut. Der Kanzler ist der König der Politiker, also ist er noch schlechter als die normalen Politiker. Also mache ich ihn tot und alles wird gut.

Zwaifel:

Ich habe nie behauptet, daß alles gut wird. Ich wollte immer nur darauf hinweisen, daß alles immer schlechter wird.

Agent:

Und genau das stimmt eben überhaupt nicht. Wir sind zwar langsam, aber wir sind langsam unterwegs in der richtigen Richtung. Wir haben in der gesamten zweiten Hälfte des zwanzigsten Jahrhunderts keinen großen weltumspannenden Krieg mehr gehabt, in der ersten Hälfte gab es sogar zwei. Wir können uns doch alle darauf einigen, daß wir keinen Krieg mehr wollen, auch keinen Bürgerkrieg. Es ist eigentlich vollkommen müßig, über so etwas überhaupt diskutieren zu wollen. Aber Sie erzeugen Konfliktstoff und Anspannung, indem Sie einen wichtigen Menschen töten. Sie bringen Zündholz und Reibefläche näher zusammen. Meine Aufgabe dagegen ist es, mit dem Wassereimer in der Hand zur Stelle zu sein, wenn es zu brennen droht. Sie sind vorgeblich wohlmeinend, aber in Wirklichkeit ist Ihr Verhalten einfach nur unverantwortlich. Ihre Systemkritik ist nicht konstruktiv, sondern einfach nur destruktiv.

Zwaifel:
Das können Sie doch jetzt noch gar nicht beurteilen. Das wird doch erst die Zeit erweisen.

Agent:
Ich kenne die Zukunft nicht. Aber Sie können sie auch nicht kennen.

Zwaifel:
Das Problem ist ein anderes. Ich war gerade fast bereit, Ihnen ein persönliches Kompliment zu machen. Immerhin haben Sie sich das, was ich vorhin alles ausgesagt habe, ganz genau angehört, sich Ihre eigenen Gedanken dazu gemacht und Ihre Gegenposition einigermaßen überzeugend vertreten, auch wenn diese Gegenposition leider aus nichts anderem als Kadavergehorsam und einem grenzenlosen Vertrauen in die Selbstheilungskräfte völlig verfilzter Systeme besteht.
Ich finde es schade, daß es heutzutage in diesem Land kaum noch Menschen gibt, die sich die Mühe machen, konstruktiv über Dinge nachzudenken, die über ihren eigenen ganz persönlichen Einflußbereich hinausgehen. Man diskutiert kaum noch miteinander, man hört einander kaum noch zu. Stattdessen versucht man, den anderen unter den Tisch zu grölen oder ihn mit an den eigenen Haaren herbeigezogenen Statistiken an die Wand zu beweisen. Deutschland ist ein Kleingeisterland geworden, in dem jeder, der Ideen entwickelt, der sich mit Nicht-Stofflichem auseinandersetzt, automatisch immer schon gleich etwas Dubio-

ses an sich hat, etwas, was man beargwöhnen muß. Daran sind die Nazis schuld.

Psychologe:
Die Nazis? Die Neonazis oder die von damals?

Zwaifel:
Die vom sogenannten »Dritten Reich« natürlich. Die haben dafür gesorgt, daß jeder intelligente, kreative, mutige, menschlich würdevolle, vielversprechende, humorvolle, erfinderische und künstlerische Mensch entweder emigrieren mußte oder in den Konzentrationslagern umgebracht wurde. Was übrig blieb, war der gleichgeschaltete braune Sumpf. Und von dem stammen wir alle ab. Kein Wunder also, daß es im Deutschland der Nachkriegszeit keine international wirklich überzeugenden Leistungen und Visionen mehr gegeben hat, weder in künstlerischer noch wissenschaftlicher und erst recht nicht in politischer Hinsicht. Die einzigen Sparten, die noch einigermaßen funktionieren in diesem unserem Lande sind Sport und Wirtschaft, und das ist nur logisch, weil die Nazis sowohl dem Körperkult gehuldigt haben als auch als Logistiker und Organisatoren des Holocaust ganze Arbeit geleistet haben.
Dies ist einmal das Land der Dichter und Denker gewesen – und der großen Komponisten, muß man noch hinzufügen. Was gibt es heute stattdessen? Rennfahrer, silikongefüllte Pornostars, pleitenproduzierende Baulöwen, Zeichentrickfilme unterhalb der Gürtellinie, ölige Boygroups, verdauungsanregende Joghurts und eiskalte Daily-Talk-Hosts. Pop-Literaten und Modern Talking. Die Love Parade und »Gute Zeiten, schlechte Zeiten«. Wir haben eine Rechtschreibreform verordnet bekommen und, zu faul zum Protestieren, akzeptiert, die den kleinsten gemeinsamen Nenner zum allgemeingültigen Maßstab erhebt. Seither schreiben wir Delphin mit f und Friseur mit ö, um uns diese Worte künstlich anzueignen und zu verschleiern, aus welchen Sprachen sie

ursprünglich gekommen sind. Eines Tages werden wir »Klein-geisterland« mit zweimal »A«-»I« schreiben, weil uns selbst ein Ei zu kompliziert erscheint. Wir haben ein soziales Hängemat-tennetz, das es einem leichter macht, von der Sozialhilfe sein Dasein als jogginganzugtragender latentrassistischer Alkoholi-ker zu fristen, anstatt sich auf den bürokratischen Grabenkrieg einer Selbständigmachung einzulassen. Was damit erreicht wer-den solle, ist, daß möglichst viele Bürger unselbständige und damit leichter zu kontrollierende Getrieberädchen bleiben. Individualismus ist suspekt und wird nicht gefördert. Je kleiner der Geist bleibt, desto bequemer der Bürger. Bürokratische Penibilität dient in allen Gesellschaftsbereichen als Verhütungs-mittel gegen einen andernfalls eventuell wuchernden Ideen-reichtum.

Ein weiteres trauriges Beispiel fällt mir ein: die Einschaltquoten-lüge. Seit Jahrzehnten wird den Bürgern frech vorgegaukelt, daß die paartausend Haushalte, aus deren Fernsehgewohnheiten die Gesellschaft für Medienkonsum die Einschaltquoten errechnet, repräsentiv ausgewählt seien. Das mag ja vordergründig richtig sein, vielleicht entspricht der Anteil an Studenten, Metzgern und Fitnessstudiobetreibern ja tatsächlich dem Anteil dieser Berufs-stände an der Gesamtbevölkerung. Aber entscheidend ist doch, daß eine gewisse obrigkeitshörige Mentalität dazu gehört, sich eine Black Box am Fernseher installieren zu lassen, deren Aufgabe es ist, die Fernsehvorlieben aufzuzeichnen. Ich kann Ihnen versichern, daß ich niemals zulassen würde, daß so ein Überwachungsstaat-Erzeugnis in meine Wohnung kommt, und so wie ich denken – zumindest in dieser Hinsicht – sicherlich viele da draußen. Die zweitausend ausgewählten Haushalte haben also alle etwas gemeinsam: Sie sind ein bißchen simpel und vertrauensselig gestrickt. Wenn man sich das klarmacht, ist es überhaupt nicht mehr verwunderlich, daß Volksmusiksen-dungen regelmäßig die ganz großen Abräumer in den Einschalt-quotenlisten sind, während der Teilbereich »Volksmusik« in den tatsächlichen Tonträger-Verkaufsstatistiken nur eine klägliche Nebenrolle spielt und viel weniger Umsatz macht als Pop, Rock,

Dancefloor und Klassik. Und es ist auch nicht verwunderlich, daß Sendungen wie Friedrich Küppersbuschs »Privatfernsehen« oder »Willemsens Woche«, die einen etwas höheren IQ erforderten als »Peep« oder »Big Brother«, wegen angeblich zu schlechter Quoten aus dem Programm geflogen sind. Diese Sendungen sind garantiert in Wirklichkeit von viel mehr Menschen gesehen worden, als die Einschaltquote angibt, aber das sind eben alles Menschen gewesen, die von vorneherein gar nicht erfaßt werden. Nun kann man sich fragen, weshalb am Einschaltquotensystem nichts verändert wird, wenn es doch offensichtlich fehlerhaft ist. Die Ant-wort auf diese Frage lautet: Weil niemand von den politischen Machthabern ein Interesse daran hat. Sämtliche Regierungen der Bundesrepublik waren letztes Endes konservativ, und die Einschaltquotenlüge trägt wunderbar dazu bei, die Mitte zu festigen und die Ränder abzuschleifen. Ein schunkelndes Volk ist viel leichter zu kontrollieren als ein kritisches, selbstbewußtes und nach potentiell anarchischer Kreativität strebendes Volk. Aus genau demselben Grund wird ja auch das Ausländerwahlrecht nicht eingeführt, weil es dann sofort einen Wählerruck weg von der Mitte geben würde. Kleingeisterland – das Land, in dem wir leben – ist nichts anderes als das Paradies der Mittelmäßigkeit.

Psychologe:
Und Deutschland ist das einzige Kleingeisterland weit und breit?

Zwaifel:
Natürlich nicht. Österreich befindet sich in einer mindestens genauso traurigen Verfassung, aber ich bin kein Österreicher und habe deshalb nicht das Recht, über Österreich herzuziehen. England, Frankreich, Italien und besonders die USA entwickeln sich ebenfalls dorthin, aber auch diese Länder fallen nicht unter meine Zuständigkeit.

Psychologe:
Sie selbst sind Deutscher.

Zwaifel:
Ja.

Psychologe:
Das heißt, Sie stammen vom selben »gleichgeschalteten braunen Sumpf« ab wie wir alle hier.

Zwaifel:
Leider.

Psychologe:
Wie kommt es dann aber, daß Sie das Kleingeisterland als solches erkennen können? Müßte man nicht, um die Kleingeister überblicken zu können, über ihnen stehen?

Zwaifel:
Schön wär's. Aber meinen Sie nicht auch: Wenn ich kein Kleingeist wäre – hätte mir dann nicht etwas Besseres einfallen müssen als den Kanzler zu erschießen?

Agent:
Sie geben also zu, daß Sie selbst ein Kleingeist sind?

Zwaifel:
Offensichtlich.

Ermittler:

Was hätten Sie denn lieber getan, anstelle des Attentats?

Zwaifel:

Ich weiß es eben nicht. Vielleicht hätte ich einen noch größeren Traum träumen müssen. Einen, der ganz ohne Gewalt auskommt und keinen Kindern ihren Vater nimmt. Einen Traum wie den vom Land ohne Soldaten.

Ermittler:

Land ohne Soldaten. Was soll das sein?

Zwaifel:

Manchmal träume ich von einem Deutschland, das eines Tages als menschenfreundlichstes Land der Welt in die Geschichte ein-gehen wird, nachdem es sich Mitte des letzten Jahrhunderts als menschenverachtendstes Land aller Zeiten ins Kollektivbewußt-sein eingebrannt hat. Manchmal denke ich, daß es ein Ehrgeiz und ein Ansporn für alle Deutschen sein sollte, nicht nur einfach der Vergangenheitsgreuel zu gedenken, sondern vielmehr be-wußt dagegenzusteuern, als eine Art Wiedergutmachung, mit der schon längst niemand mehr gerechnet hätte. Entschädigungszahlungen und monumentale Mahnmale sind zwar nette Gesten, aber sie greifen dem Problem nicht an die Wurzeln. Wovon ich träume, ist ein Land, in dem keine Auslän-der mehr von grölenden Mobs durch die Straßen gejagt werden und in dem niemals wieder Asylantenheime brennen werden, ein Land, in dem Ehemänner ihre Frauen keine Treppen hinunter-werfen dürfen, in dem kleine Mädchen und kleine Jungs vor den Nachstellungen Erwachsener sicher sind und in dem Hunde nicht zu Mordwerkzeugen herangezüchtet werden können, ein Land, in dem die Liebe sich mehr lohnt als das Spekulieren an der Börse, und in dem die Menschen nicht an dem gemessen werden, was sie besitzen oder was sie für Kleidung tragen, sondern daran, was für Qualitäten als Mensch sie haben.

Agent:
Das ist doch alles vollkommen utopisch. Ein Land, in dem niemand mehr verfolgt oder ungerecht behandelt wird. Das wird es auf der ganzen Welt nie geben. Das sind doch keine realistischen Vorstellungen, das ist doch nur ...

Zwaifel:
... ein Traum, genau. Die Rede ist von einem Traum, und ein Traum ist das, was passiert, wenn ein Kleingeist sich aufschwingt, um über den anderen Kleingeistern zu kreisen.
Ich träume von einem Deutschland, das als erstes von allen Ländern auf eine Armee und jegliche Bewaffnung verzichtet und somit Gewaltlosigkeit und Bußfertigkeit demonstriert.

Agent:
Großartige Idee! Die Bundeswehr wird abgeschafft, und jeder Möchtegerndiktator wird herzlich eingeladen, sich unser Land unter den Nagel zu reißen. Versuchen Sie das mal als politisches Wahlversprechen an den Mann zu bringen.

Zwaifel:
Glauben Sie denn wirklich, daß man ein Land, das sich selbst absichtlich entwaffnet, ohne weiteres attackieren könnte?
Spielen wir den Traum doch mal durch. Nehmen wir einmal an, der neue Bundeskanzler verkündet, daß Deutschland in Zukunft auf Heer, Luftwaffe und Marine verzichtet, damit sichergestellt wird, daß tatsächlich nie wieder ein Krieg von deutschem Grund und Boden ausgehen kann. Die einzig wirklich sichere Methode, vor Gewaltmißbrauch zu schützen, ist, zuhause keine Waffen

herumliegen zu haben. Der Bundeskanzler erklärt die Bundesrepublik Deutschland zur pazifistischen Republik und führt damit
die Atomwaffenverzichtserklärung, die Adenauer den Alliierten
nach dem Krieg unterzeichnen mußte, noch einen bedeutsamen
Schritt weiter, zwar vielleicht sechzig Jahre zu spät, aber immerhin überhaupt noch. Anschließend erklärt der neue Bundeskanzler dieses Verhalten den übrigen Völkern der Welt dadurch,
daß er ein Zeichen setzen wolle, dem sich vielleicht auch andere
Länder anschließen könnten, ein Zeichen, das darauf hindeuten
soll, daß das einundzwanzigste Jahrhundert ein besseres werden wird als das zwanzigste.
Nun, was, meinen Sie, wird die Reaktion der übrigen Nationen
sein? Sicherlich Skepsis bei denjenigen, die Deutschland als
potenten NATO-Partner sehen wollten, aber denen wird schnell
auffallen, daß sie dann ja selber umso heroischer sein können
in Zukunft. Sicherlich Erleichterung bei all denjenigen, die das
Zusammenwachsen Deutschlands mit Sorge verfolgt haben.
Und sicherlich helle Begeisterung bei all jenen Ländern, die
Deutschland seit dem Zweiten Weltkrieg nicht mehr leiden können, und das sind eine ganze Menge.»Seht euch das an«,
werden sie sagen,»das hätten wir denen gar nicht zugetraut.«
Deutschland würde sofort – genau wie die neutrale Schweiz und
ja auch ähnlich wie diese im Herzen des neuen Europas liegend
– einen ungeheuren Sympathieschub im Ausland erfahren, der
womöglich sogar direkt positive wirtschaftliche Auswirkungen
haben würde, denn es ist doch ziemlich wahrscheinlich, daß
ausländische Investoren daran interessiert wären, an dem neuen
Pazifismus-Image zu partizipieren. Jedenfalls wäre ein dermaßen friedlicher Ruf besser für Deutschland als die Bilder von
fahnenschwingenden, durch das Brandenburger Tor marschie-
renden Nazis, die in letzter Zeit wieder durch die Weltpresse
gingen.
Und jetzt überlegen Sie sich mal, was passieren würde, wenn –
sagen wir mal – der Kleinstaat Moldawien beschließt, die wehr-
lose Bundesrepublik zu erobern. Meinen Sie denn wirklich, die
Staatengemeinschaft würde das so einfach zulassen? Die

Franzosen, die Engländer, die Polen – würden die sowas zulassen, direkt unter ihrer Nase? Das ist doch wohl mehr als unwahrscheinlich. Ich glaube eher, daß eine entmilitarisierte Bundesrepublik als Präzedenzfall und historisches Experiment von allen anderen Ländern bewacht und umhegt werden würde wie ein ganz besonders zerbrechliches Ei in einem ganz besonders wichtigen Gelege. Das ist das Kurioseste an meinem Traum: Ganz ohne die Kosten, die Wehrbereitschaft nun einmal verursacht – der gesamte Bundesverteidigungshaushalt wäre eins zu eins in den Sozialhaushalt überführbar, wo die Gelder jährlich viel dringender benötigt werden –, ganz ohne diese Kosten wären wir Deutschen in Zukunft wahrscheinlich sicherer denn je vor irgendwelchen Übergriffen, denn jeder, der die pazifistische Republik ankratzt, kriegt vom übrigen Europa eins auf die Finger. Habe ich noch etwas vergessen? Wir müssten nie mehr junge Männer in Minenfelder oder von Snipern beherrschte Straßenzüge schicken, auch das wäre ein Erfolg, den man gar nicht hoch genug schätzen kann. Wir könnten keine Panzer und keine Waffen mehr verkaufen und uns damit an Genoziden mitschuldig machen, weil wir gar keine mehr herstellen würden. Und – naja – man könnte die Bundeswehr ja immer noch als so eine Art Sandsack-Hochwasser-Eingreiftruppe unter Training halten. Das war sowieso das Effektivste, was die je getan haben. Schade, daß es das zu meiner Zeit dort nicht gegeben hat. Da hätte man sich richtig nützlich machen können.

Agent:
Es steht jedem Menschen frei, sich nützlich zu machen.

Zwaifel:
Aber nicht jeder besitzt die Kraft zu träumen, eigene Gedanken und Visionen zu entwickeln. Das strengt nämlich an und ist meistens mit überhaupt keinem Lohn verbunden.
Kleingeisterland hat alle fest im Griff und preßt sie aus, bis sie

nur noch wie leere Gefäße durchs Leben wanken können, dauernd bestrebt, von einem konsumorientierten Kick zum nächsten zu reisen.

Psychologe:
Aber meinen Sie denn nicht auch, daß Sie das Wahrwerden all Ihrer Träume alleine schon dadurch verhindert haben, daß Sie eine Bluttat an den Anfang gesetzt haben? War das nicht der größte anzunehmende Fehler überhaupt? Von jetzt an wird man keinem Reformer mehr zuhören, ohne gleichzeitig an das Attentat denken zu müssen.

Zwaifel:
Sie haben recht, daß das traurig ist. Trotzdem wird man Reformern zuhören, gerade weil man an das Attentat denken wird und jedermann klar sein wird, daß Reformer endlich keine Clowns mehr sind. In der Kommunikationswissenschaft gibt es die Theorie von den sogenannten »Memen«. Ein Mem ist ein Gedanke, eine Idee, die ein Eigenleben führt und sich von Mensch zu Mensch, von Generation zu Generation fortpflanzen kann, einem Virus nicht unähnlich. Es gibt Meme, die irgendwann aufhören zu existieren, weil niemand sie braucht. Aber es gibt auch Meme, deren Zeit gekommen ist. In der Computer-branche kennt man dieses Phänomen ebenfalls. Dort sagt man: »Software findet ihren Weg.« Meine Ideen und Reformen, und auch meine Träume, sind Meme, die schon längst außerhalb meiner Person existieren und sich einen Weg durch das Bewußtsein der Menschheit zu bahnen versuchen. Ich habe einfach nur eine Machete genommen und diesen Ideen eine Schneise geschaffen, die ihr Vorankommen erleichtern wird. Die Ideen werden nicht mehr weggehen, sie sind gekommen, um zu bleiben. Da hilft alles Totschweigen und Abblocken nichts. Als ich noch ein Schriftsteller war, und versucht habe, genau dieselben Ideen verschlüsselt in belletristischen Formaten an den Mann zu brin-

gen, haben die Verleger und Lektoren noch gedacht, sie könnten das Unbequeme und Unverständliche abwenden, indem sie ihm einfach jegliches Forum verweigern. Aber so einfach ist das eben nicht.

Software findet ihren Weg. Die Revolution bricht sich immer ihre Bahn. Sie sehen das zum Beispiel ja auch daran, daß so viele falsche Bekennerbriefe zum Attentat eingetroffen sind. Ich bin zwar nicht organisiert und kein Teil irgendeiner großangelegten Bewegung, aber es war offensichtlich sowieso nur noch eine Frage der Zeit, bis eine dementsprechende Bewegung sich formiert hätte. »Eine Frage der Zeit« bedeutet in diesem Zusammenhang eher »eine Frage von Wochen« als »eine Frage von Jahren«. Sie drei hätten dasselbe Gespräch, das Sie heute mit mir führen, dann eben mit einem anderen geführt. Alles wäre auf genau dasselbe hinausgelaufen.

Ermittler:
Wenn das wirklich stimmt, warum haben Sie es dann selbst getan? Warum sich nicht einfach zurücklehnen, abwarten, bis jemand anders die Drecksarbeit erledigt, und zuschauen, wie sich dann langfristig die Dinge zum Besseren entwickeln?

Zwaifel:
In Fragen des Umweltschutzes und des politischen Reformismus gibt es auch einen Punkt ohne Wiederkehr, gibt es auch ein definitives »zu spät«. Das darf nicht sehenden Auges zugelassen werden. Es ist immer bequemer sich zurückzulehnen, anstatt die Initiative zu ergreifen. Aber wer weiß, ob Sie nicht vielleicht froh und dankbar sein können, daß Sie es lediglich mit mir zu tun bekommen haben. Immerhin habe ich nur einen einzigen Politiker getötet. Vielleicht hätte die Organisation, die aktiv geworden wäre, wenn ich noch länger gezögert hätte, gleich den ganzen vollbesetzten Reichstag in die Luft gesprengt, um die ganze Bagage auf einen Schlag loszuwerden.

Ermittler:
Hatten Sie Kenntnis von derartigen Plänen?

Zwaifel:
Nein. Ich bin ja nie mit dem organisierten Untergrund in Verbindung getreten.

Ermittler:
Aber die Gefahr ist nicht gebannt. Sie haben die Jagdsaison auf Politiker eröffnet, und das bedeutet, daß Sie eigentlich für jeden Nachahmungstäter, der sich jetzt von Ihnen inspiriert fühlt, die Verantwortung tragen.

Zwaifel:
Ja. Ich und Sie und Sie und Sie. Wir alle tragen für und gegen jeden weiteren Nachahmungstäter die Verantwortung. Deshalb müssen wir so schnell wie möglich aktiv werden. Mein Manifest muß geschrieben und veröffentlicht werden, damit die Gesellschaft eine produktive Diskussion beginnen kann, anstatt sich von innen heraus zu zerfleischen.

Psychologe:
Sie sagten aber doch selbst, daß Sie Jahre brauchen werden, um das Manifest zu verfassen.

Zwaifel:
Das vollständige Manifest wird sicher Jahre dauern. Aber über das Internet könnte man ja die jeweils gerade fertig gewordenen Kapitel bereits veröffentlichen, bevor das Gesamtwerk abgeschlossen ist. Work in Progress ist eines der Organisationsprinzipien des Internet.

Agent:
Das Gesamtwerk. Das Internet. Sie spielen sich schon wieder als Heilsbringer auf, der eine gesellschaftlich wichtige und dringliche Funktion zu erfüllen hat, dabei habe ich Ihnen doch vorhin erst sämtliche Ihrer nur ungenügend durchdachten Theorien in der Luft zerfetzt. Das scheint Sie aber nicht im mindestens zu irritieren oder auch nur zu beeindrucken. Ich frage mich die ganze Zeit: Sind Sie eigentlich überhaupt diskussionsfähig? Besteht in Ihrem Kopf eigentlich überhaupt die Möglichkeit der Erkenntnis, daß Sie völlig falsch liegen?

Zwaifel:
Ich habe bereits Fehler zugegeben.

Agent:
Ja, aber nur, um den Eindruck zu erwecken, kein blutrünstiger Mensch zu sein. Vorhin haben Sie mich herausgefordert. Sie sagten, ich solle Sie widerlegen. Ich habe Sie widerlegt. Hat das irgendetwas in Ihnen verändert?

Zwaifel:
Wahrscheinlich hat es den genauen Wortlaut meines Manifestes verändert. Ich bin dankbar für jede Form von kritischem Feedback, weil ich die Gegenargumente dann ebenfalls in meine Gedanken miteinbeziehen kann. Ich werde viel sorgfältiger formulieren müssen, um nicht so leicht mißverstanden zu werden.

Agent:
Ach, jetzt ist das nur ein Mißverständnis! Was zum Beispiel war denn nur ein Mißverständnis?

Zwaifel:
Lesen Sie mein Manifest.

Agent:
Den Teufel werde ich tun. Mit Ihnen braucht man sich nicht auseinanderzusetzen. Auch die Gesellschaft braucht das nicht. Sie
haben sich nämlich selbst für jeden ernsthaften Dialog disquali-
fiziert. Das ist mein letztes Wort in dieser Sache, ich beende
diese Farce jetzt nämlich.

Der Agent erhebt sich.

Ermittler:
Ich habe noch zwei Fragen.

Agent:
Nein, ich lasse ihn jetzt abführen.

Ermittler:
Ich habe es geduldet, daß Sie sich in meine Ermittlung einmi-
schen und mich dabei äußerst zurückgenommen. Jetzt werden
Sie gefälligst die Geduld aufbringen, mich noch zwei abschlie-
ßende Fragen stellen zu lassen.

Agent:
Ich habe schon viel zuviel Geduld bewiesen.

Ermittler:
Die interessantere Frage wäre doch gewesen, ob überhaupt

einer von uns vieren wirklich diskussionsfähig ist. Setzen Sie sich einfach wieder hin und finden Sie es heraus. Wir sind gleich fertig.

| 134 | Meine vorletzte Frage an Sie, Herr Zwaifel, lautet: Fällt Ihnen bei all Ihrer Zivilisationskritik eigentlich auch etwas ein, was gut läuft in unserer Welt, oder sind Sie einfach von Ihrer Persönlichkeit her immer und in jeglicher Hinsicht negativ und pessimistisch?

Zwaifel:
Das ist eine gute und schwierige Frage. Natürlich handle ich eher aus einem Gefühl der Unzufriedenheit heraus. Wenn ich mit etwas zufrieden bin, regt mich das nicht unbedingt zum Aktionismus an. Das bedeutet, daß ich weniger nachdenke über Dinge, die gut laufen, als über Dinge, die schlecht laufen, das ist leider wahr.

Der Agent setzt sich nicht wieder hin. Er geht zur Tür und lehnt sich neben der Tür mit dem Rücken an die Wand.

Zwaifel:
Aber wenn ich ein wenig darüber nachdenke, fallen mir natürlich ein paar Entwicklungen ein, die Hoffnung machen. Ich fand es zum Beispiel sehr erfreulich, wie schnell man die Bürger dazu erziehen konnte, ihren Müll zu trennen. Innerhalb ganz weniger Jahre wurde dies zu einem vollkommen alltäglichen und allgemein akzeptierten Verhaltensmuster. Selbst ältere Menschen mit ihren bereits tradierten Wertvorstellungen waren völlig problemlos bereit und imstande, neu dazuzulernen.
Ähnlich funktionierte der Boykott von treibnetzgefangenem Thunfisch oder von Spraydosen mit FCKW. Es ist von entscheidender Bedeutung, daß die Leute, daß die ganz normalen Verbraucher, wollen, daß etwas sich verändert. Man sollte sie

nicht zu etwas zwingen, das wäre Ökofaschismus. Aber Information ist der einfachste Schlüssel der Welt. Man braucht die Menschen lediglich über die Konsequenzen ihres Handelns genau zu informieren, und schon können tatsächliche und ganz erstaunliche Resultate erzielt werden. Bei genmanipulierten Nahrungsmitteln zum Beispiel funktioniert der Informationsfluß noch nicht richtig. So lange der Kunde im Unklaren darüber gelassen wird, ob seine Schokoriegel mit natürlichem oder mutiertem Mais hergestellt werden, kann er auch kein bewußtes Zeugnis für oder wider diese Produkte ablegen. Aber genau so – durch diese Bewußtwerdung – können Revolutionen wirklich funktionieren. Revolutionen bedeuten nicht immer Geschrei und Fahnengeschwenke und pathetischen Pulverdampf. Eine Revolution ist es schon, wenn jeder Einzelne jeden Tag eine kleine Handbewegung macht, die er vorher nie gemacht hat, oder wenn sich jeder jeden Tag ein kleines bißchen Gedanken macht darüber, daß er mit seiner Kaufentscheidung die Macht hat, das Gesicht des gigantischen Marktes effektiv mitzugestalten. Das ist auch etwas, was ich der vorherrschenden politischen Generation in diesem Land immer wieder vorwerfe: daß sie verschleiert, welche Möglichkeiten der Einzelne innerhalb des Systems besitzt. Das sind zwar ohnehin nur Winzigkeiten, aber all diese Winzigkeiten sind völlig ohne Bedeutung, wenn sie nie jemandem bewußtgemacht werden.

Dennoch bewegen sich die Dinge, und sie bewegen sich auf erstaunliche Weise. Sie selbst haben es vorhin angesprochen. Wenn im Jahre 1985 jemand zu mir gekommen wäre und hätte gesagt: Hör zu, in zehn Jahren wird es die Berliner Mauer nicht mehr geben, die Sowjetunion wird nicht mehr existieren, Nelson Mandela wird nicht nur frei sein, sondern er wird Präsident der Republik Südafrika, und Jasir Arafat wird den Friedensnobelpreis erhalten – ich hätte mich totgelacht über diese Prophezeiungen und hätte den Verkünder für einen völlig weltfremden Spinner gehalten. Aber all dies ist tatsächlich passiert, und wir alle konnten es innerhalb kürzester Zeit miterleben.

Wenn ich jetzt hier vor Ihnen sitze und behaupte, die Macht-

verhältnisse in diesem Land werden sich radikal umkehren und
entweder werden alle Reformen, von denen ich gesprochen
habe, innerhalb des einundzwanzigsten Jahrhunderts gesetzlich
und allgemeinverbindlich beschlossen werden oder wir werden
einen Bürgerkrieg bekommen – können Sie mich dann einen
völlig weltfremden Spinner nennen, ohne auch nur den gering-
sten Zweifel zu hegen? Ich zweifle nicht mehr. Ich bin jetzt Kain
Zwaifel, das heißt: jenseits der Kleingläubigkeit. Ich bin jetzt ein
Teil jener großen Flutwelle, die uns alle erfassen wird. Und ich
hoffe, daß unsere Zivilisiertheit jenseits der Flut wieder aus dem
Schaum auftaucht, und daß das Ergebnis der Flutwelle nicht nur
sinnloser Kannibalismus ist.

Eine Sache fällt mir noch ein, die eigentlich gut läuft auf unserer
Welt: die Fußball-Weltmeisterschaft. Haben Sie sich schon mal
die Zeit genommen, über die Fußball-Weltmeisterschaft wirklich
nachzudenken? Das ist nämlich ziemlich lohnend, denn es handelt sich hierbei um eines der schönsten Beispiele für weltumspannende Basisdemokratie, das Menschen sich jemals ausge-
dacht haben, ungeachtet aller Sprach-, Religions-, Wirtschafts-
und Kulturbarrieren. Das System für die Qualifikation zu einer
Fußball-Weltmeisterschaft ist dermaßen ausgeklügelt, daß tatsächlich jedes Land auf diesem Planeten, das eine National-
mannschaft aufstellen kann, die Möglichkeit hat, sich für die
Weltmeisterschaft zu qualifizieren und letzten Endes auch
Weltmeister zu werden. Über 170 Länder nehmen an dieser
Qualifikation teil, und jedes Einzelne von ihnen – ob das nun die
Südseeinsel Tonga ist oder Nepal oder Mauritius oder Burkina
Faso – hat letzten Endes die Chance, sich über ein gut durch-
dachtes System von fairen Qualifikationsspielen bis in die End-
runde durchzukämpfen. Die reichen und fetten Großnationen
sind in diesem System den kleinen Ländern gegenüber kein bißchen bevorteilt. Sie sind halt leider nur faktisch im Vorteil, weil
sie mehr Geld haben, um ihre Fußballprofis erstklassig ausbil-
den zu können. Aber das System an sich ist wirklich brillant.
Einem Fußball-Weltmeister namens »Färöer-Inseln« ist faktisch

kein Riegel vorgeschoben. Wo gibt es das sonst schon, daß die Faröer-Inseln die Könige der Welt sein dürften?

Großartig ist auch, daß all diese Nationen sich friedlich miteinander messen. Irland spielt gegen England, der Irak spielt gegen Israel, und Kroatien spielt gegen Jugoslawien, und alle zweiundzwanzig Spieler kehren nach dem Spiel lebendig zu ihren Familien zurück. Eines der beiden Länder ist zwar »geschlagen« worden, und das andere hat gewonnen, aber es fließt kaum Blut, und es werden auch keine Territorien verschoben und niemand muß umsiedeln oder um Hab, Gut und Leben fürchten. Es funktioniert, weil die Menschen eben doch mittlerweile der Zivilisation mächtig genug sind, um gewisse Regeln zu achten und einzuhalten. Undenkbar, daß von den Zuschauerrängen herab auf die Spieler der Gastmannschaft geschossen wird, und das ist gut so. Das gibt wirklich Anlaß zur Hoffnung. Es wäre in früheren Jahrhunderten nicht möglich gewesen, daß sich völlig fremde Nationen auf einem Feld gegenüberstehen, ohne sich gegenseitig die Schädel einzuschlagen. Die Fußball-Weltmeisterschaft und ihr Qualifikationsverfahren sind eine große, weltumspannende Idee, im Grunde genommen eine Vision, aber sie funktioniert tatsächlich, und wird seit vielen Jahren schon reibungslos und auch wirtschaftlich für alle Beteiligten gewinnbringend organisiert.

Leider ist ausgerechnet unser Kleingeisterland wieder ganz vorne mit dabei, wenn es darum geht, diese große, weltumspannende Idee kaputtzutreten, wie in Frankreich zu sehen war, als dieser arme Gendarm beinahe umgebracht wurde. Hat man schon mal von polynesischen oder afrikanischen Hooligans gehört? Nein. Es sind wieder nur die fetten und reichen Länder, die sich wie die Tiere benehmen. Es sind wieder nur wir. Wir sind die am wenigsten Zivilisierten von allen. Wir sind der Abschaum. Wir schließen uns selbst von den großen und weltumspannenden Ideen aus, vollauf zufrieden mit unserem Bier und unseren frischpolierten Autos. Wen soll es da noch wundern, daß wir unsere Politiker erschießen müssen, weil wir uns anders nicht mehr zu helfen wissen.

Agent:
Es sind nicht nur die reichen Länder, die sich danebenbenehmen. In Südamerika ist schon mal ein Fußballer umgebracht worden, weil er bei einer WM einen Elfmeter verschossen hat. Außerdem sind Straßenschlachten und Bandenkriege nach Fußballspielen dort Tagesordnung.

Zwaifel:
Das mag ja sein, aber was die dort im eigenen Lande machen, geht uns ja nichts an. Krawalle gibt es hier auch andauernd, das ist ja nicht das Problem. Das Problem ist, daß die Deutschen und die Engländer sich damit hervortun, ihre Gewalttätigkeit zu exportieren. Unsere Hooligans reisen in andere Länder, um dort Blut zu vergießen. Das zeigt, daß wir den Status des Zivilisiertseins noch nicht vollständig erreicht haben.

Agent:
Das muß ausgerechnet von einem kommen, dessen Hände noch naß vom Blut des Kanzlers sind. Sie argumentieren schon wieder, wie's Ihnen gerade in den Sinn kommt. Vorhin haben Sie sich über Sport noch lustig gemacht, jetzt feiern Sie die Fußball-WM als große Vision.

Zwaifel:
Ich habe mich nicht über den Sport lustig gemacht, sehen Sie, das war wieder eines dieser Mißverständnisse. Ich habe mich nur darüber lustig gemacht, daß unser Land in den letzten Jahrzehnten zwar gute Sportler hervorbringen konnte, aber keine herausragenden Dichter mehr.

Ermittler:
Hm. Meine letzte Frage. Glauben Sie, daß es jetzt, nach dem Attentat, neue Verhaltensmaßstäbe geben sollte, sowohl für Politiker als auch für diejenigen, die mit der Politik unzufrieden sind? Glauben Sie, daß wir alle etwas lernen konnten aus dem, was Sie getan haben?

Zwaifel:
Ja. Ich finde, das neue Reinheitsgebot liegt für jeden leicht ersichtlich auf der Hand. Es lautet: Du sollst keine Politiker erschießen, aber du sollst als Politiker auch kein Arschloch sein.

Ermittler:
Das ist alles?

Zwaifel:
Das ist alles.

Ermittler:
Und wenn ein Politiker ein Arschloch ist, soll man ihn dann doch erschießen?

Agent:
Sie hatten gesagt, Sie stellen noch zwei Fragen, und ich bin sehr geduldig gewesen. Wir machen jetzt Schluß hier, genau wie ver- einbart.

Der Agent klopft an die Tür, die sich daraufhin öffnet, und spricht mit den beiden draußen in Bereitschaft wartenden Beamten.

Agent:
Sie können den Gefangenen jetzt in die Sicherheitsverwahrung zurückbringen, wir sind fertig.

Die beiden Beamten betreten den Raum und beginnen damit, Zwaifels Ketten umständlich vom Stuhl zu lösen.

Zwaifel:
Vergessen Sie nie, daß Fortschritt immer nur von den Unzufriedenen ausgeht. Vergessen Sie ebenfalls nie, daß im heutigen Zeitalter der industriellen Großfusionen und der Machtkonzentration die Politik mehr und mehr an Bedeutung verliert, und immer weniger tatsächliche Handhabe hat, um überhaupt noch weitreichende und wichtige Entscheidungen treffen zu können. Mein Attentat hat dazu geführt, daß die Politik zumindest vorübergehend wieder den Stellenwert in den Köpfen der Menschen bekommt, den sie eigentlich verdient. Ich habe eine einmalige Chance erzeugt, eine Chance auf einen Neuanfang und eine Weiterentwicklung. Wir müssen alle zusammenarbeiten, damit diese Chance nicht ungenutzt verstreicht, sonst war wirklich alles vollkommen umsonst. Ich habe getan, was ich tun konnte. Jetzt sind Sie an der Reihe.

Die beiden Beamten packen Zwaifel an den Oberarmen und dirigieren ihn zur Tür. In der Tür jedoch bleibt Zwaifel stehen und wendet halb den Kopf.

Zwaifel:
Lassen Sie das Mädchen gehen. Sie hat noch niemals in ihrem Leben jemandem etwas zuleide getan. Im Gefängnis wird sie zerbrechen.

Agent:
Wir werden sehen. Vielleicht zerbrechen Sie ja ebenfalls.

Zwaifel:
Das bin ich doch schon. Deshalb bin ich ja hier.

Die beiden Beamten zerren Zwaifel weiter und schließen die Tür
hinter sich. Der Agent steht bereits ungeduldig an der Tür, der
Psychologe erhebt sich ebenfalls und klaubt seine Notizen zusammen. Der Ermittler bleibt noch auf seinem Stuhl sitzen und
fährt sich mit der Hand durch die Haare.

Agent:
Wollen Sie hier drinbleiben? Sollen wir das Licht anlassen?

Ermittler:
Was ist mit dem Mädchen?

Agent:
Nichts. Wir haben sie schon längst wieder laufenlassen. Sie
wußte von nichts. Sie wußte noch nicht einmal, daß der Kanzler
erschossen worden war, als wir sie zu Hause überrumpelten.
Sie besitzt keinen Fernseher und keinen Personalausweis und
hört lieber Filmmusik als Radio. Als wir sie geschnappt haben,
saß sie gerade mit einer Tasse Tee auf dem Fußboden und malte
ein Bild mit zwei leuchtenden Figuren drauf, die sich an den
Händen halten. Ich denke, dieses Mädchen lebt in ihrer eigenen
Traum-welt. Sie ist mindestens so ein tragischer Fall wie er. Die
beiden passen wirklich gut zusammen.

Ermittler:
Dann verraten Sie mir, was jetzt passieren wird.

Agent:
Passieren? Gar nichts wird passieren. Wir werden den Deckel so dicht wie möglich auf die ganze Sache draufschrauben. Natürlich wird es einen Prozeß geben, und ein verdammter Winkeladvokat wird versuchen, sich als Verteidiger des Kanzlermörders zu profilieren, aber wir werden schon dafür sorgen, daß ein Pressemensch sich danebenbenimmt und die ganze Sache dann so weit wie möglich unter Ausschluß der Öffentlichkeit stattfindet. Was wir jetzt am wenigsten gebrauchen können, ist ein chaotisches Echo. Auch das, was heute hier gesprochen wurde, darf niemals nach draußen dringen. Ich werde Ihnen beiden ein dementsprechendes Formular vorlegen, daß Sie dann bitte umgehend unterzeichnen werden.

Ermittler:
Sie wollen es unter den Teppich kehren.

Agent:
Ich will gar nichts unter den Teppich kehren. Ich kann auch gar nichts unter den Teppich kehren, denn der Bundeskanzler ist erschossen worden und jeder, aber auch jeder im Lande interessiert sich dafür, wer's getan hat und warum. Kain Zwaifel hat sich schon jetzt in die bundesrepublikanische Geschichtsschreibung eingebrannt, das ist nicht mehr zu verhindern. Aber ich will diesem Mistkerl nicht auch noch ein Megaphon in die Hand drücken! Ich will ihm nicht auch noch Gelegenheit geben, sein Verbrechen als Plattform zu nutzen, von der aus er seine verworrenen Philosophien in alle Richtungen speien kann! Sie haben ihn doch gehört. Man kann alles, was er da zusammenredet, Satz für Satz auseinanderschrauben. Es ist alles nur populäres Gefasel,

stellenweise hoffnungslos hinter dem Mond, aber immer von einem gärenden Unbehagen im Volk ausgehend, das leider real ist, das es leider immer geben wird, weil jeder Mensch Ängste und Sorgen hat, und niemand mit dem Erreichten jemals zufrie- den ist. Dieses Reservoir an ziviler Unrast zapft Kain Zwaifel an, dazu ist er talentiert genug. Seine Rhetorik reicht nicht aus, um wirklich zu überzeugen, aber ein paar Leute werden trotzdem nicken und das fatale Gefühl bekommen, daß ihnen endlich mal jemand reinen Wein einschenkt. Und schlecht aussehen tut er auch nicht. Er ist vorzeigbar. Er ist medienfähig. Er ist eloquent genug, um sich in einem Live-Interview nicht komplett zu bla-mieren. Man kann sich nicht einfach darauf verlassen, daß so jemand sich selbst bloßstellt. Wir werden dafür Sorge tragen müssen, daß er die Prominenz, mit der man ihn behängen wird, nicht nutzen kann.

Ermittler:
Aber er hat sich doch schon selbst bloßgestellt. Er hat gemordet!

Agent:
Die Kids finden das womöglich noch cool. »Endlich hat's mal einer denen da oben so richtig gezeigt.« Nein, wir müssen ihn mundtot machen.

Ermittler:
Was heißt das im Klartext? Soll er erhängt in seiner Zelle aufge-funden werden wie Baader und Meinhof? Oder einem Unfall auf dem Gefängnishof zum Opfer fallen?

Agent:
Das funktioniert in der heutigen Medienlandschaft doch gar nicht mehr. Dann hätten wir sofort einen Märtyrer. Verdammt nochmal,

der Bursche ist kein Niemand, der noch nie im Leben etwas hervorgebracht hat. Der ist immerhin mal Schriftsteller gewesen und hat auch was veröffentlicht, da wird es immer ein paar Leute geben, die sich für ihn und seine Geschichte interessieren. Wir müssen sichergehen, daß dieses Buch mit der »Kain«-Story eingestampft wird. Das darf nicht weiter verbreitet werden, sonst wird es da noch einen richtigen Kult drum geben.

Ermittler:
Übertreiben Sie jetzt nicht?

Agent:
Ich bin lieber übervorsichtig, als daß ich hinterher eklatante Fehler bereuen muß. Nein, die Taktik ist klar. Die Öffentlichkeit erfährt so gut wie gar nichts. Wir isolieren ihn. Keine Kontakte, keine Besuche, auch nicht von Ihnen. Und auf gar keinen Fall wird er Gelegenheit bekommen, irgendetwas Schriftliches aufzuzeichnen. Das letzte, was wir jetzt gebrauchen können, ist ein deutscher ... wie heißt dieser zum Tode verurteilte Black Panther nochmal? Der, der angeblich aus seiner Zelle heraus Kolumnen schreibt.

Psychologe:
Mumia Abu-Jamal.

Agent:
Genau der. Die Amis hätten den entweder schon vor Jahren rösten müssen, dann hätte kein Hahn nach ihm gekräht, oder aber sie sollten ihm einen neuen Prozeß geben und ihn dann freilassen, damit Gras über die Sache wächst. Wir aber können Kain Zweifel nicht töten, und wir können ihn auch nicht freilassen. Wir werden ihn hier einfach begraben, bei lebendigem Leib,

wenigstens dazu hat er uns sämtliche Vollmachten in die Hände
gelegt.

Ermittler:
Das wird nicht funktionieren. Die Medien werden sich nicht alle
ruhigstellen lassen. Wenn wir ihn einfach reden lassen, werden
die Leute schnell merken, daß er gar nichts Neues zu sagen hat.
Wenn wir ihm aber den Mund verbieten, wird sein Schweigen all
die Worte enthalten, zu denen er gar nicht fähig wäre.

Agent:
Das Problem ist, daß alle seine Worte jetzt Gewicht haben, egal,
was er eigentlich sagt. Er ist jetzt der Mann, der den Kanzler
erschossen hat. Selbst wenn er von jetzt ab einfach nur noch vor
sich hinlallt, werden sich genügend Leute finden, die in das
Gelalle etwas Wichtiges hineininterpretieren, und das können wir
dann nicht mehr kontrollieren.

Ermittler:
Sie machen ihn viel gefährlicher, als er ist. Er hat Sie zu seinem
wichtigsten Werkzeug geformt, und Sie merken das nicht mal.
Ihr Beruf hat Ihnen den Glauben an die Kraft unseres Rechtssystems geraubt, und jetzt sind Sie von abergläubischer Furcht
erfüllt wie ein altertümlicher Priester, der einem Besessenen
gegenübersteht. Aber Kain Zweifel ist kein Dämon. Er ist nur ein
Verirrter, einer, der noch schwächer und dümmer ist als wir. Wir
bräuchten ihn eigentlich nicht zu fürchten – nur wenn Sie ihn
isolieren und damit künstlich mit Aura aufpumpen, müssen wir's
wohl doch.

Agent:
Ich fürchte niemanden. Ich bemitleide aber auch niemanden.

Außer Sie vielleicht.

Vielleicht bemitleide ich Sie ein bißchen. Sie glauben an die Selbstreinigungskräfte unseres Rechtssystems, dabei gibt es überhaupt kein System mehr, es sei denn, wir drei erhalten es aufrecht. Wenn wir nicht funktionieren, funktionieren nur noch die Kain Zwaifels. Das werde ich niemals zulassen. Dazu nehme ich das alles viel zu ernst. Kommen Sie jetzt endlich oder wollen Sie im Dunkeln sitzenbleiben?

Ermittler:
Sie könnten das Licht ja anlassen, wenn Sie das wollten.

Der Agent klopft an der Tür, die Tür wird von außen geöffnet und der Agent und der Psychologe verlassen den Raum. Kurze Zeit später verlischt das Licht und läßt den Ermittler allein im Dunkel zurück.

Aus den Akten

Das Flugblatt zum 1. Mai, Berlin

Wir werden Krieg bekommen.

Ganz abgesehen davon, daß wir bereits Krieg führen, wenn wir bei der Bombardierung von serbischen Zivilisten mitmischen, oder wenn wir Panzer und andere Waffen exportieren und den Käufern lediglich das Abdrücken selbst überlassen – ganz abgesehen davon werden wir Krieg bekommen. Hier in diesem Land und in nicht allzu ferner Zukunft.

Diejenigen, die den Untergang des (man kann es nicht genug betonen: real existierenden im Gegensatz zum echten) Sozialismus bejubeln und in den schwelenden Trümmern sich selbst zerfleischender Großreiche zum Tanz aufspielen, denken nicht weit genug! Denn der Kapitalismus wird ebenso scheitern, sogar noch viel blutiger und furchtbarer als der Sozialismus, denn der Kapitalismus führt nicht dazu, daß sich ein unterdrücktes Volk gegen ein marodes Politsystem zusammenschließt, sondern der Kapitalismus führt über kurz oder lang dazu, daß jeder gegen jeden kämpft, um die letzten Reste persönlichen Besitzstandes zu wahren. Die Endphase des Kapitalismus heißt Bürgerkrieg. Die immer zahlreicher werdenden Armen und Entrechteten werden die Bastionen der immer seltener werdenden Reichen und Mächtigen stürmen. Mit einem Polizeistaat werden die Reichen ihren luxuriösen status quo zu halten versuchen. Mit einer neuen Art von Gun Culture wird das Volk reagieren. Amerika exerziert uns diesen Prozeß anschaulich vor, die sind dort ein bis zwei Jahrzehnte weiter als wir in der Entwicklung hin zum endgültigen Scheitern des kapitalistischen Systems.

Das kapitalistische System scheitert langsamer als der Sozialismus, weil es dem Einzelnen mehr Freiheit vorgaukelt und mehr Chancen, aus eigener Kraft etwas erreichen zu können. Lotto ist schon längst zu einer Ersatzreligion geworden.

Von einer Million steuerfrei wäre ich bis ans Ende meines Lebens alle Sorgen los.

Das ist Unsinn!

Das ist Gehirnwäsche!

Der verdammte Materialismus, die verfluchte Fixierung auf Auto, Urlaub und Häuschen im Grünen ist das Problem, gelöst wird dadurch überhaupt nichts.

Es gibt keine Werte mehr, die sich auszahlen.

Erfolg heißt immer, in Zahlen ausdrückbaren Erfolg haben zu müssen. Alles muß sich rentieren, sich rechnen. Gewinnmaximierung, Profitorientierung, Managementoptimierung, Refinanzierung, Produktpositionierung, Automatisierung, Globalisierung, Marktführung. Konsumdienstleistungen sind Dienstleistungen, die das Konsumieren angenehmer machen. Erklärt das mal einem der vielen Millionen Menschen auf diesem Planeten, die einfach nur Hunger haben!

Wir verlieren den Kontakt zu allem, was wirklich wichtig ist. Wir verlieren unser Bewußtsein. Wir glauben den Männern in teuren Anzügen, obwohl sie uns schon tausendfach beschissen haben. Wir beteiligen uns an den scheinbaren Mitbestimmungsritualen der Demokratie, nur um unter mehreren korrupten Mistkerlen dem am wenigsten Widerlichen per Kreuzchen weitere Geldmittel zuzuschanzen, damit er die dann unkontrolliert auf Schwarzgeldkonten undemokratischen Zielen zuleiten kann. Wir betrachten alles Fremdländische und Andersdenkende mit Mißtrauen, weil uns beunruhigt, was die anderen von uns wollen könnten. Wir essen jeden Tag Fleisch, obwohl wir niemals in der Lage wären, jeden Tag Fleisch zu essen, wenn wir uns dieses Fleisch selbst erjagen müßten. Wir sind begeistert von Automobilreklamen, die eine lächerliche fünfprozentige Schadstoffausstoßreduzierung mit Bildern von idyllischer Natur unterlegen. Wir foltern Tausende und Abertausende von Tieren zu Tode, nur damit die Apotheken zwanzig verschiedene schleimlösende Hustensäfte im Angebot haben können und Lippenstift beim Küssen nicht abfärbt. Wir schlucken Kaffee, um richtig wach zu werden, und abends eine Tablette, um wieder richtig schlafen zu können. Wir jubeln denjenigen zu, die uns erzählen, daß alles gut wird, und betrachten diejenigen skeptisch, die uns ihr ungutes Gefühl vermitteln wollen. Wir weinen, wenn eine verwöhnte Prinzessin stirbt, aber wir haben keine Zeit für ein Kind, das an Krebs zugrunde geht, und keine Vorstellung von einer Schlammlawine, die in einem weit entfernten Land Tausende von Einzelschicksalen mit sich reißt. Wir können nur noch miteinander schlafen, nachdem wir die richtigen Pillen eingeworfen haben, und uns in Gummikorsette geschnürt an Folterkreuze geflochten haben. Wir können nicht mehr altern, ohne uns zu ekeln. Wir können nichts Gutes mehr tun, ohne es von der Steuer abzusetzen.

Wir sind die Monster. Und wir werden Krieg bekommen. Weil wir Krieg verdienen.

Was wir brauchen, was wir jetzt wirklich nötig haben, ist eine neue Art von Terrorismus.

Keinen Terrorismus durch dogmatische, elitäre Wichtigtuer wie die RAF, die letzten Endes nur zum Erhalt des Konservativismus beitrug, weil sie so wunderbar zum Feindbild taugte.

Wir brauchen einen Terrorismus, der nur für die Mächtigen Terror bedeutet, dem einfachen Volk aber Hoffnung gibt. Hoffnung auf Gerechtigkeit.

Einen Terrorismus, der die Politik vom Geldfluß abschneidet, damit die Politik in Zukunft kein Tummelplatz mehr für eitle Selbstbereicherer sein kann.

Einen Terrorismus, der den fehlgeleiteten Rechtsradikalen, den perspektivlosen Linksradikalen und auch den benachteiligten Ausländern klarmacht, daß es völlig bescheuert ist, sich gegenseitig die Köpfe einzuschlagen, während es doch einen gemeinsamen Feind gibt: die herrschende Klasse.

Mit einem Wort: Wir brauchen einen neuen naiven Terrorismus, einen, der von ehrlichen Empfindungen wie Wut und Empörung getrieben wird, und nicht von intellektuellen Floskeln und strategischen Marschplänen. Wir brauchen Entrüstung statt Aufrüstung! Erinnert Euch an den Mythos von Robin Hood! Auch Robin Hood war ein Gesetzloser in einer Zeit der Ausbeutung und Unterdrückung, und auch er wurde vom Sheriff von Notting-ham als Terrorist verfolgt und gejagt. Noch heute jedoch denken die Menschen voller Zuneigung an Robin Hood, und wer hat jemals voller Zuneigung an den Sheriff von Nottingham gedacht?

Wir brauchen einen neuen Terrorismus, der nicht über die Köpfe des Volkes hinwegzielt, sondern die Herzen aller Menschen anspricht. Da die herrschende Klasse kein Herz hat, und die

Herzen der anderen auch nicht verstehen kann, wird dies ein echter Terror für sie sein.

Wir werden mit Sicherheit Krieg bekommen. Aber wir können selbst bestimmen, welchen Krieg.

Wollt Ihr wirklich einen Krieg Jeder gegen Jeden?

Wollt Ihr schon wieder den totalen Krieg?

Sagt doch diesmal einfach Nein!

Laßt uns vielmehr den Kampf beginnen gegen diejenigen, die uns bevormunden, ausbeuten und für dumm verkaufen wollen.

Dann wird es unser Krieg sein.

Endlich einmal unser Krieg!

Laßt uns einen Anfang machen!

K. Z.

Der Liebesbrief

Nur ein paar Gedanken
Über uns.
Für Dich.

Begehen wir nicht einen Fehler,
wenn wir traurig sind?
Wenn wir uns streiten –
beweisen wir dann nicht lediglich,
daß wir nicht begriffen haben,
welche Chance uns das Schicksal gab,
als es unsere mäandernden Lebenswege sich kreuzen ließ?
Haben wir denn überhaupt soviel Zeit,
daß wir sie damit verschwenden dürfen,
böse aufeinander zu sein?
Wer kann denn wissen, wieviel Zeit noch bleibt?
Werden wir nicht eines furchtbaren Tages unweigerlich jede
einzelne Sekunde,
die wir uns aus irgendeinem nichtigen Anlaß
voneinander getrennt
und voneinander entfernt haben,
bedauern und vermissen?
Ich vermisse Dich immer.
Wenn Du nicht bei mir bist.
Wenn Du in dieser anderen Stadt bist,
die Dich so verwandelt,
die Dich so kalt und so hart macht,
und so fern von mir,
daß Du selber manchmal glaubst,
Du bist kalt und hart,
nur,
daß ich Dich
manchmal
besser kenne als Du Dich selbst.
Weil ich Dich sehen kann (was Du ja nur in Spiegeln kannst)
weil ich Dich berühre (was Du ja nur beim Baden tust)

und weil ich Dir zuhöre,
während Du selbst
Deinen eigenen Worten
schon keinen echten Glauben mehr schenkst.
Du kannst so verzagt sein.
Du kannst ein Kind sein.
Du kannst niedlich sein
mit großen Augen
wie eine Zeichentrickfigur.
Und manchmal bist Du müde,
so müde und verletzlich,
daß selbst ich Dich nicht mehr trösten kann.
Ich kann spüren,
wenn Du im Begriff bist zu weinen,
und ich könnte Dir zuvorkommen,
wenn ich nur die Reinheit Deiner Tränen hätte.
Ich vermisse Dich immer, wenn Du nicht bei mir bist.
Aber wenn Du bei mir bist, dann streiten wir oft.
Über Nichtigkeiten.
Die Farbe eines Zimmers,
die Existenz oder Nichtexistenz eines Stuhles,
ein Stadtplan genügt schon.
Eine Tasse Tee.
Eine Plastiktüte voller Bücher.
Zuviel Nähe.
Zuwenig Nähe.
Zuviel Selbstaufgabe.
Zuwenig Selbstaufgabe.
Jeder Anlaß scheint uns recht.
Warum tun wir das?
Warum tun wir uns das an?
Haben wir in Wirklichkeit
Angst voreinander?
Angst davor,
wie sehr der andere uns wehtun kann,
wenn wir ihn in uns hineinlassen?

Angst vor der Verpflichtung,
die es bedeutet,
die Verantwortung für die Gefühle eines anderen zu übernehmen?
Haben wir Angst
oder sind wir einfach nur zu stolz?
Eine weibliche und eine männliche Primaballerina,
voller Anmut
aber so konzentriert auf die eigenen Sprünge und Drehungen,
daß wir (noch) nicht bereit sind
zum rückhaltlosen Pas de deux?
Sag mir:
Sind wir nicht blind, wenn wir streiten?
Werden wir nicht zu Verrätern
an einem Wunder,
wenn wir traurig sind?
Oder
anders gefragt:
Können wir nicht
zusammen traurig sein?
Gemeinsam streiten für unsere Sache?
Wir können das,
wenn wir nur wollen.
Ich
will
es
nur
ich
liebe
Dich.

Die Kurzgeschichte

Kain

Es begab sich zu der Zeit, als Adam und sein Weib Eva das Paradies bereits verloren hatten, daß sie mit ihren Söhnen Kain und Abel in einem Lande lebten, dessen Boden nicht sehr fruchtbar war. Kain war ein Ackerbauer, sein Bruder Abel Schafhirte. Dieweil Abel mit seiner Herde umherzog, von einer Wiese zur nächsten, und oftmals den ganzen Tag damit verbrachte, im Schatten eines Baumes zu sitzen und seinen Schafen beim Weiden zuzuschauen, arbeitete Kain jahrein, jahraus immer auf denselben Feldern. Er pflügte und riß mit bloßen Händen schwere Steine aus dem Boden, er säte und mühte sich, oftmals hoffnungslos, die Saatvögel fernzuhalten, er beobachtete und berechnete Wind und Wetter und hoffte und betete, daß wenig Hagel käme, und dafür der Regen in nicht zu geringer und nicht zu großer Menge. Nur wenn seine Gebete erhört worden waren, konnte er ernten, auch dies eine mühselige, schweißtreibende Arbeit, und danach mußte er noch einlagern und verarbeiten. Dennoch klagte er nie, denn er liebte diese Arbeit: Er liebte die feuchte, duftende Erde, in der er grub, er liebte die Samenkörner und die Keime und die reifen Früchte, die als vielfältige Wunder aus ihnen erwuchsen. Kain fühlte sich wie ein Schöpfer; aus einem wulstigen, kargen Feld schuf er ein golden wogendes Meer noch ungebackenen Brotes, und er war seinem eigenen Schöpfer dankbar, daß dieser ihn dieses friedfertige Leben leben ließ.

Eines Morgens kam Kain auf den Gedanken, seinem Herrn und Gott ein Opfer darzubringen von den Früchten seines Ackers, so dankbar war er ihm und so sehr wollte er es zeigen. Kain ging hin und suchte die schönsten Ähren, die schönsten Gemüse und selbst die schönsten Äpfel und Birnen von den die Felder begrenzenden Bäumen aus, legte sie kunstvoll und in Mustern geordnet in einen großen selbstgeflochtenen Korb und stellte den Korb auf einen kleinen Altar, den er aus Feldsteinen inmitten einer wildwuchernden Wiese errichtet hatte. Zwei kleine Feuerchen erzeugten den Rauch, der mitsamt seinen Gebeten und Dankesbezeugungen in den Himmel aufsteigen und die Aufmerksamkeit Gottes gewinnen sollte. So fastete und betete Kain vor seinem schönen Altar und wartete auf ein Zeichen.

Als sein jüngerer Bruder Abel sah, wie Kain einen Altar aufschichtete und ein Opfer brachte, das durch Rauch verkündet wurde, erfaßte den Abel eine große Furcht. Wenn nur Kain dem Herrn ein Opfer brachte, würde auch nur Kain vom Herrn gesegnet werden, und was würde dann aus Abel? | 161 |

Schnell faßte auch er den Entschluß, ein Opfer darzubringen, und da Kain von dem opferte, was seine Felder ihm hervorbrachten, wollte auch Abel von dem opfern, was seine Herde ihm schenkte. Die Lämmer kamen zu ihm wie an jedem Morgen, und ließen sich streicheln und schmiegten sich an ihn, doch Abel trug ein scharfes Messer über dem Herzen, denn er war gekommen, um eines von ihnen zu schlachten. Er packte ein Erstlingslamm und warf es zu Boden, das Lamm blökte und schrie, geblendet vom Weiß der vorüberrasenden Wolken. Tief schnitt das Messer durch die Kehle des Tieres, hell sprudelte das Blut in Gras und Boden. Hastig hatte auch Abel ein paar Steine übereinandergelegt, und schon stieg sein Rauch – vom Fett des Lammes schwärzer und stärker als der Rauch seines Bruders – in den hohen Himmel hinauf.

Und der Herr sah wohlgefällig auf Abel und sein Opfer, auf Kain aber und sein Opfer sah er nicht.

Das erzürnte den Kain, und er machte eine finstere Miene.

Dies bemerkte der Herr, und der Herr sprach zu Kain: »Trägst du Neid im Herzen, Kain? Du mußt lernen, die dunkle Begierde zu zügeln.«

»Ich trage keine dunkle Begierde in mir«, entgegnete Kain voller Trotz, »sondern Verwirrung und Zweifel, denn ich verstehe nicht, was geschehen ist. Ich brachte dir die kostbarsten Gaben meiner Äcker dar, die ich alle selbst gesät habe und zum Gedeihen brachte. Mein Bruder aber tat nichts anderes, als ein bemitleidenswertes Lamm zu morden, und Du lobst ihn noch dafür? Ist also Blut das, was du willst? Dann kann ich Dir mit Blut nicht dienen, denn meine Früchte spenden nur Erquickung.«

Doch der Herr hörte ihm schon nicht mehr zu.

Kain fühlte sich verlassen und verstoßen und er litt darunter. All sein Werk, all sein Trachten, seine alltäglichen Mühen schienen dem Herrn, dem sie zugedacht waren, nicht wohlgefällig zu sein. Also ging er zu seinem Bruder Abel, der bester Laune war und lachend zwischen seinen Schafen saß, und sprach: »Laß uns auf meinen furchtbarsten Acker gehen, mein Bruder.«

»Furchtbarsten?« entgegnete Abel lachend. »Du meinst wohl: fruchtbarsten.«

»So meinte ich es wohl.«

Sie gingen gemeinsam hin, und als sie dort standen, erhob Kain einen schweren Feldstein wider seinen arglosen Bruder und schlug ihn tot.

Da sprach der Herr zu Kain: »Wo ist dein Bruder Abel?«

»Ich weiß es nicht«, antwortete Kain, »ich bin nicht meines Bruders Hüter. Bist denn nicht Du sein Hüter?«

»Was hast du getan?« rief da der Herr. »Horch: Das Blut deines Bruders schreit zu mir empor vom Ackerland!«

Kain blieb ganz ruhig. »Ich habe mein Feld mit Blut getränkt, so wie mein Bruder seine Weiden mit Blut tränkte, auf daß es Dir zum Wohlgefallen gereiche, Herr.«

»Doch Abels Tod ist unrecht, und Unrecht ist mir nicht wohlgefällig!«

»Ist Abels Tod mehr Unrecht denn der Tod eines neugeborenen Lammes? Was hatte das Lamm Abel angetan? Was hatte das Lamm Dir angetan? Weshalb mußte es sterben und weshalb lächeltest Du deswegen? Ich habe gegen Abel gehandelt, wie er selbst gegen die Tiere handelte, die er liebte und die seinem Schutz anbefohlen waren, und ich habe meinen Abel ebenfalls geliebt, und als jüngerer Bruder stand er unter meinem Schutz. Aber war Abel ein Lamm? Hatte er nicht gemordet? Seit wann morden Lämmer? Habe ich dir nicht mehr geopfert als ein Lamm, um dir mehr Liebe zu beweisen als mein Bruder? Ich bin nur ein einfacher Landmann, Herr, sag: Wie soll ich begreifen, was du von mir erwartest?«

Da erkannte der Herr, daß Kain ein kluger und aufrechter Mann war, der den Mut besaß zu opfern, was er liebte, und der Herr malte Kain sein Zeichen zum Schutz auf die Stirn und machte ihn dadurch unsterblich.